TRANZLATY

La Langue est pour tout le Monde

언어는 모든 사람을 위한 것입니다

Les Aventures d'Alice au Pays des Merveilles

이상한 나라의
앨리스의 모험

Lewis Carroll
루이스 캐롤

Français / 한국어

Dans le Terrier du Lapin
토끼굴 아래로

Alice commençait à être très fatiguée
앨리스는 몹시 피곤해지기 시작했다

Elle était assise à côté de sa sœur sur le talus d'herbe
그녀는 풀밭에서 언니 곁에 앉아 있었다

Mais elle n'avait rien à faire
하지만 그녀는 할 수 있는 일이 없었다

Sa sœur lisait un livre
그녀의 여동생은 책을 읽고 있었다

une ou deux fois, Alice jeta un coup d'œil dans le livre
한두 번쯤 앨리스는 책을 들여다보았다

Mais le livre ne contenait ni images ni conversations
그러나 그 책에는 그림이나 대화가 전혀 없었다

« À quoi sert un livre sans images ? » pensa Alice
"그림이 없는 책이 무슨 소용이 있겠어?" 앨리스는 생각했다

« Pourquoi un livre n'aurait-il pas de conversations ? »
"왜 책에는 대화가 없을까?"

Mais elle avait d'autres choses à considérer
하지만 고려해야 할 다른 사항도 있었다

« Faire une chaîne de marguerites serait un plaisir »
"데이지 체인을 만드는 것은 즐거움이 될 것입니다"
« Mais cela vaut-il la peine de se lever et de cueillir les marguerites ?? »
"하지만 일어나서 데이지를 따는 노력이 가치가 있습니까??"
Ce n'était pas si facile d'y penser
이것은 생각하기가 그리 쉽지 않았습니다
parce que la journée la rendait somnolente et stupide
그날이 그녀를 졸리고 바보처럼 만들었기 때문입니다
Mais soudain, ses pensées s'interrompirent
그런데 갑자기 그녀의 생각이 중단되었다
un lapin blanc aux yeux roses courait près d'elle
분홍색 눈을 가진 흰 토끼 한 마리가 그녀 곁을 달려왔다

Il n'y avait rien de trop remarquable chez le lapin
토끼에 대해 지나치게 눈에 띄는 것은 없었습니다
et Alice ne trouvait pas non plus le lapin remarquable
앨리스도 토끼가 대단하다고 생각하지 않았다
elle ne s'étonna pas non plus quand le Lapin parla
토끼가 말을 했을 때도 그녀는 놀라지 않았다

« Oh mon Dieu ! Je serai trop tard ! se dit-il

"이런! 너무 늦을 거야!" 그는 혼잣말을 했다

mais alors le Lapin a fait quelque chose que les lapins n'ont
pas fait

그런데 토끼가 하지 않는 일을 토끼가 했어요

le Lapin tira une montre de la poche de son gilet

토끼는 양복 조끼 주머니에서 시계를 꺼냈다

Il regarda l'heure puis se hâta

그는 시간을 보더니 서둘러 길을 나섰다

Alice se leva, stupéfaite

앨리스는 깜짝 놀라 벌떡 일어섰다

Elle n'avait jamais vu un lapin avec un gilet auparavant !

그녀는 양복 조끼를 입은 토끼를 본 적이 없었습니다!

elle n'avait jamais vu non plus de lapin avec une montre !

시계를 차고 있는 토끼를 본 적도 없었다!

Alice brûlait d'une nouvelle curiosité

앨리스는 새로운 호기심으로 불타오르고 있었다

et elle courut à travers le champ après le Lapin

그녀는 토끼를 쫓아 들판을 가로질러 달렸다

Elle était juste à temps pour voir le lapin disparaître

그녀는 때마침 토끼가 사라지는 것을 보았다

Le lapin sauta dans un grand terrier de lapin

토끼는 커다란 토끼굴로 뛰어 내려갔다

Un instant plus tard, Alice s'est mise à courir après le lapin !

또 다른 순간, 앨리스가 토끼를 쫓아 내려갔습니다!

Le terrier du lapin continuait tout droit comme un tunnel

토끼굴은 터널처럼 곧장 이어졌다

Et le tunnel a continué à avancer sur une certaine distance

그리고 터널은 얼마간 계속 이어졌다

Et puis le chemin s'est soudainement incliné

그러다가 갑자기 길이 아래로 내려갔습니다

Alice n'eut pas un instant pour songer à s'arrêter

앨리스는 자신을 멈출 생각을 할 틈이 없었다

Elle s'est retrouvée à tomber et à tomber

그녀는 점점 아래로 떨어지는 자신을 발견했다

Il semblait qu'elle était tombée dans un puits très profond

마치 아주 깊은 우물에 빠진 것 같았다

Ou le puits était très profond, ou bien elle tombait très lentement

우물이 너무 깊었거나, 아니면 아주 천천히 떨어졌거나, 둘 중 하나였다

parce qu'elle avait tout le temps de tomber

넘어질 시간이 충분했기 때문이다

alors qu'elle tombait, elle pouvait regarder tout autour d'elle

그녀가 넘어지면서 그녀는 주위를 둘러볼 수 있었다

D'abord, elle a essayé de comprendre où elle allait

먼저 그녀는 자신이 어디로 가고 있는지 알아내려고 노력했습니다

mais le puits était trop sombre pour voir quoi que ce soit

그러나 우물은 너무 어두워서 아무것도 볼 수 없었다

Puis elle regarda les côtés du puits

그러고는 우물의 옆면을 바라보았다

Et elle remarqua qu'il y avait des placards tout autour d'elle

그리고 그녀는 그녀 주변에 찬장이 있다는 것을 알아챘습니다

et tout autour du puits il y avait des étagères de livres

그리고 우물 주위에는 온통 책꽂이가 있었다

Çà et là, elle voyait des cartes et des tableaux accrochés à des piquets

여기저기서 말뚝에 걸려 있는 지도와 그림들을 보았다

En passant, elle prit un bocal sur l'une des étagères

그녀는 지나가면서 선반 중 하나에서 항아리를 꺼냈다

Le pot a été étiqueté pour son contenu

항아리에는 내용물에 대한 라벨이 붙어 있었습니다

« MARMELADE D'ORANGES »

"오렌지로 만든 마멀레이드"

Mais, à sa grande déception, le pot de marmelade était vide

그러나 실망스럽게도 마멀레이드 항아리는 비어 있었습니다

Elle ne voulait pas laisser tomber le pot de marmelade vide

그녀는 빈 마멀레이드 항아리를 떨어뜨리고 싶지 않았다

et sa chute fut très lente

그리고 그녀의 추락은 매우 느렸다

Elle a donc réussi à mettre le pot de marmelade dans l'un des placards

그래서 그녀는 마멀레이드 항아리를 찬장 중 하나에
넣을 수 있었습니다

Tombée, descendue, tombée !

아래로, 아래로, 아래로 그녀는 쓰러진다!

La chute prendrait-elle fin ?

언젠가 타락이 끝날 것인가?

Il n'y avait rien d'autre à faire

달리 할 일이 없었다

alors Alice commença bientôt à se parler à elle-même

그래서 앨리스는 곧 혼잣말을 하기 시작했다

« Je vais beaucoup manquer à Dinah ce soir, je pense ! »

"디나가 오늘 밤 나를 몹시 그리워할 거야,
생각해봐야겠어!"

Dinah était le chat d'Alice

디나는 앨리스의 고양이였어요

« J'espère qu'ils se souviendront de sa soucoupe de lait à l'heure du thé »

"티타임에 그녀의 우유 접시를 기억하길 바란다"

« Dinah, ma chère, je voudrais que tu sois ici avec moi ! »

"디나, 얘야, 너가 나와 함께 여기 있었으면 좋겠어!"

Alice sentit qu'elle s'assoupissait

앨리스는 꾸벅꾸벅 졸고 있는 것 같았다

Et puis soudain, bruit sourd ! bourrade!

그러다가 갑자기, 쿵! 쿵!

Elle tomba sur un tas de bâtons

그녀는 나뭇가지 더미 위에 쓰러졌다

et elle atterrit sur un tas de feuilles sèches

그리고 그녀는 마른 나뭇잎 더미 위에 내려앉았다

et enfin la longue chute dans le trou était terminée

그리고 드디어 홀 아래로 길게 떨어지는 것이
끝났습니다

Alice n'était pas du tout blessée

앨리스는 조금도 다치지 않았다

Et elle se leva d'un bond au bout d'un instant
그리고 그녀는 순식간에 벌떡 일어섰다
Elle leva les yeux, mais il faisait noir au-dessus de sa tête
그녀는 위를 올려다보았지만, 머리 위는 온통 어두웠다
Devant elle se trouvait un autre long couloir
그녀 앞에는 또 다른 긴 복도가 있었다
et le Lapin Blanc était toujours en vue
그리고 흰 토끼는 여전히 시야에 있었다
Il se hâtait dans le couloir
그는 서둘러 복도를 걸어가고 있었다
Il n'y avait pas un instant à perdre
한 순간도 허비할 수 없었다
Alice s'enfuit comme le vent
앨리스는 바람처럼 달렸다
Au coin de la rue, le lapin s'est retourné
모퉁이를 돌면 토끼가 돌아 섰다.
Elle était juste à temps pour entendre le lapin
그녀는 때마침 토끼의 목소리를 들을 수 있었다
« "Oh, mes oreilles et mes moustaches »
"오, 내 귀와 수염"
« Comme il est tard ! »
"얼마나 늦어지고 있니!"
Elle était tout près derrière le lapin
그녀는 토끼 뒤에 바짝 붙어 있었다
Elle tourna au détour d'un autre coin
그녀는 다른 모퉁이를 돌아섰다
mais le Lapin n'était plus visible
그러나 토끼는 더 이상 볼 수 없었다
Elle se retrouva dans une longue salle basse
그녀는 길고 낮은 복도에 있는 자신을 발견했다
La salle était éclairée par une rangée de plafonniers
홀은 일렬로 늘어선 천장 램프로 불을 밝히고
있었습니다
Il y avait des portes tout autour de la salle
회관 주위에는 온통 문이 있었다
mais toutes les portes étaient fermées à clé

그러나 모든 문은 잠겨 있었다

Elle marcha tout le long d'un côté de la salle

그녀는 복도 한쪽으로 쭉 걸어 내려갔다

et elle avait fait tout le chemin de l'autre côté de la salle

그리고 그녀는 복도 반대편까지 걸어갔다

Elle avait essayé toutes les portes

그녀는 모든 집을 방문해 보았다

et elle marchait tristement au milieu de la salle

그리고 그녀는 슬픈 표정으로 복도 한가운데로 걸어갔다

« Comment vais-je jamais en sortir ? »

"내가 어떻게 다시 나갈 수 있을까?"

Tout à coup, elle tomba sur une petite table

갑자기 그녀는 작은 탁자 위로 올라왔다

La table était entièrement en verre massif

테이블은 전체가 단단한 유리로 만들어졌습니다

Il n'y avait rien sur la table à part une petite clé dorée

탁자 위에는 작은 황금 열쇠 외에는 아무것도
없었습니다

La clé pourrait appartenir à l'une des portes !

열쇠는 문 중 하나에 있을 수 있습니다!

Mais, hélas ! Certaines serrures étaient trop grandes pour les clés
그러나 슬프게도! 일부 자물쇠는 열쇠에 비해 너무 컸습니다.
et pour les autres serrures, la clé était trop petite
그리고 다른 자물쇠의 경우 열쇠가 너무 작았습니다.
mais, en tout cas, la clef n'ouvrit aucune des portes
그러나 어쨌든 열쇠는 어떤 문도 열지 않았다
Mais que devait-elle faire ?
하지만 그 여자는 어떻게 해야 하였습니까?
Elle traversa de nouveau le couloir
그녀는 다시 복도를 통과했다
et cette fois, elle remarqua un rideau bas
그리고 이번에는 낮은 커튼을 발견했습니다
Derrière le rideau se trouvait une petite porte
커튼 뒤에는 작은 문이 있었다
La porte avait une quinzaine de pouces de haut
문의 높이는 약 15인치였습니다
Elle essaya la petite clé dorée dans la serrure
그녀는 자물쇠에 있는 작은 황금 열쇠를 시험해 보았다
Et à sa grande joie, la clé s'est glissée dans la serrure !
그리고 매우 기쁘게도, 열쇠는 자물쇠에 맞았습니다!
Alice ouvrit la porte
앨리스가 문을 열었다
et elle trouva la porte qui donnait sur un petit couloir
그리고 그녀는 작은 복도로 통하는 문을 발견했다
Le couloir n'était pas beaucoup plus grand qu'un trou à rats
복도는 쥐구멍보다 그리 크지 않았다
Elle s'agenouilla et regarda le long du couloir
그녀는 무릎을 꿇고 복도를 둘러보았다
et elle a vu le plus beau jardin que vous ayez jamais vu
그리고 그녀는 당신이 본 가장 아름다운 정원을 보았습니다
comme elle avait envie de sortir de cette salle sombre
그녀는 그 어두운 복도에서 벗어나기를 얼마나 갈망했는지

comme elle voulait se promener parmi ces fleurs lumineuses
그녀는 그 밝은 꽃들 사이를 얼마나 거닐고 싶었는지
Comme ces fontaines avaient l'air cool et rafraîchissantes
그 분수를 상쾌하게 하는 것이 얼마나 시원해 보였는지
Mais elle ne pouvait même pas passer la tête par la porte
하지만 문틈으로 머리조차 들어갈 수 없었다
— Oh ! dit Alice d'un ton lugubre
"아," 앨리스가 슬픈 목소리로 말했다
comme je voudrais pouvoir me plier comme un télescope !
"망원경처럼 접을 수 있다면 얼마나 좋을까!"
« Je pense que je pourrais me plier comme un télescope »
"망원경처럼 접을 수 있을 것 같아요"
« Si seulement je savais par où commencer »
"시작하는 방법을 알았더라면"
Alice retourna à la table
앨리스는 다시 테이블로 돌아갔다
Il y avait la chance de trouver une autre clé
다른 열쇠를 찾을 수 있는 기회가 있었습니다
Ou il pourrait y avoir un livre de règles
또는 규칙서가 있을 수도 있습니다
Le livre pourrait lui apprendre à se plier comme un télescope
책은 그녀에게 망원경처럼 접는 방법을 알려줄 수
있었다
Cette fois, elle trouva une petite bouteille
이번에는 작은 병을 찾았습니다
« cette bouteille n'était certainement pas là auparavant, » dit
Alice
"이 병은 분명 전에 여기에 없었던 거야." 앨리스가
말했다
et autour du goulot de la bouteille était attachée une
étiquette en papier
그리고 병의 목에는 종이 라벨이 묶여 있었습니다
L'étiquette était magnifiquement imprimée en grandes
lettres
라벨은 큰 글씨로 아름답게 인쇄되어 있었습니다
« BOIS-MOI »

"나를 마셔라"
« Non, je vais regarder d'abord », a-t-elle dit
"아뇨, 먼저 볼게요." 그녀가 말했다
« Je vais voir si la bouteille est marquée comme toxique ou non, »
"병에 독이 있는지 없는지 확인하겠습니다."
Parce qu'elle n'a jamais oublié la leçon sur le poison
독약에 대한 교훈을 결코 잊지 않았기 때문이다
« Si une bouteille est étiquetée comme toxique, elle est forcément en désaccord avec vous »
"병에 독성이 있다는 라벨이 붙어 있다면, 그것은 당신의 의견에 동의하지 않을 수밖에 없습니다"
Cependant, cette bouteille n'a pas été marquée comme toxique
그러나 이 병에는 독이 있는 것으로 표시되어 있지 않았습니다
alors Alice se hasarda à goûter le contenu de la bouteille
그래서 앨리스는 용기를 내어 병의 내용물을 맛보았습니다
Elle trouva le liquide tout à fait à son goût
그녀는 그 액체가 아주 마음에 들었다
La boisson avait une sorte de saveur mélangée
그 음료는 일종의 혼합 된 맛이있었습니다
tarte aux cerises, crème pâtissière et ananas
체리 타르트, 커스터드, 파인애플
Rôtir la dinde, le caramel et le pain grillé au beurre chaud
칠면조, 토피 구이, 뜨거운 버터로 토스트
et elle finit bientôt la bouteille
그리고 그녀는 곧 병을 다 마셨다
« Quelle curieuse sensation ! » dit Alice
"참 신기한 느낌이야!" 앨리스가 말했다
« Je me plie comme un télescope ! »
"나는 망원경처럼 접히고 있다!"
Et elle se repliait comme un télescope !
그리고 그녀는 정말로 망원경처럼 접혀 있었습니다!
Elle n'avait plus que dix pouces de haut

그녀의 키는 이제 겨우 10인치에 불과했다

et son visage s'éclaira à ses pensées

그녀의 생각에 얼굴이 밝아졌다

Maintenant, elle était de la bonne taille pour la petite porte

이제 그녀는 작은 문에 적합한 크기였습니다

Maintenant, elle pouvait aller dans ce joli jardin

이제 그녀는 그 아름다운 정원에 들어갈 수 있었다

Bientôt, elle a cessé de devenir plus petite

얼마 지나지 않아 그녀는 더 이상 작아지지 않았다

Elle décida d'aller tout de suite dans le jardin

그녀는 당장 정원으로 들어가기로 했다

mais, hélas pour la pauvre Alice !

그러나 슬프게도, 불쌍한 앨리스에게!

Elle arriva à la porte

그녀는 문에 도착했다

Mais elle avait oublié la petite clé d'or

하지만 그녀는 그 작은 황금 열쇠를 잊어버렸다

Elle retourna à la table pour prendre la clé

그녀는 열쇠를 찾으러 테이블로 돌아갔다

Mais elle s'aperçut qu'elle ne pouvait pas atteindre assez haut

그러나 그녀는 자신이 충분히 높이 올라갈 수 없다는 것을 알게 되었습니다

Elle pouvait voir la clé très distinctement à travers la vitre

그녀는 유리를 통해 열쇠를 아주 분명하게 볼 수 있었다

Elle essaya de grimper sur les pieds de la table

그녀는 탁자의 다리를 기어오르려 했다

Mais le verre était beaucoup trop glissant

그러나 유리는 너무 미끄럽습니다

Finalement, elle s'est fatiguée à essayer

결국 그녀는 노력으로 지쳐 버렸다

et la pauvre petite fille s'assit et pleura

그리고 가엾은 소녀는 주저앉아 울었다

Alice se parlait à elle-même assez vivement

앨리스는 다소 날카롭게 혼잣말을 했다

« Allons, ça ne sert à rien de pleurer comme ça ! »

"이리 와, 그렇게 울어봐야 소용없어!"
« Je vous conseille d'arrêter tout de suite ! »
"지금 당장 멈추는 게 좋겠어!"
Elle se donnait généralement de très bons conseils
그녀는 대체로 스스로에게 아주 좋은 충고를 해주었다
bien qu'elle suivît très rarement ses propres conseils
그녀는 자신의 충고를 거의 따르지 않았지만
Et elle était parfois trop dure envers elle-même
그리고 그녀는 때때로 자신에게 너무 가혹했다
et ses paroles lui firent monter les larmes aux yeux
그녀의 말에 그녀의 눈에는 눈물이 고였다
Bientôt, son regard tomba sur une petite boîte en verre
이윽고 그녀의 시선은 작은 유리 상자에 꽂혔다
La petite boîte de verre était posée sous la table
작은 유리 상자는 탁자 밑에 놓여 있었다
Dans la boîte en verre se trouvait un tout petit gâteau
유리 상자 안에는 아주 작은 케이크가 들어 있었습니다
Sur le gâteau, quelques mots étaient magnifiquement écrits
케이크 위에는 몇 가지 단어가 아름답게 쓰여져
있습니다
les mots avaient été marqués dans des groseilles
그 단어는 건포도로 표시되어 있었다
« MANGE-MOI »
"나를 먹어라"
« Eh bien, je vais manger le gâteau », dit Alice
"그럼, 케이크는 내가 먹을게." 앨리스가 말했다
« et si le gâteau me fait grossir, je peux atteindre la clé »
"그리고 케이크가 나를 더 크게 만든다면, 나는 열쇠에
닿을 수 있어"
« et si le gâteau me fait rapetisser, je peux me glisser sous la
porte »
"그리고 케이크가 나를 더 작게 만든다면, 나는 문
아래로 기어들어갈 수 있어"
« Donc, de toute façon, j'irai dans le jardin »
"그러니까 어쨌든 나는 정원으로 들어갈 거야"
« Et peu m'importe lequel des deux arrive ! »

"그리고 나는 둘 중 어느 것이 일어나든 상관하지 않아!"

Elle a mangé un peu du gâteau

그녀는 케이크를 조금 먹었다

et elle se parla anxieusement à elle-même :

그리고 그녀는 걱정스럽게 혼잣말을 했다.

« Dans quel sens ? Dans quel sens ?

"어느 쪽이요? 어느 쪽으로?"

et elle posa la main sur sa tête

그리고 그녀는 그녀의 머리에 손을 얹었다

Elle voulait sentir de quelle façon elle grandissait

그녀는 자신이 어떤 방식으로 성장하고 있는지 느끼고 싶었습니다

Elle fut très surprise de découvrir ce qui s'était passé

그녀는 무슨 일이 있었는지 알고는 매우 놀랐습니다

Elle était restée de la même taille !

그녀는 같은 크기를 유지하고 있었습니다!

Cette fois, elle redoubla donc d'efforts

그래서 이번에는 노력을 두 배로 늘렸습니다

Et bientôt, elle termina tout le gâteau

그리고 곧 그녀는 전체 케이크를 완성했습니다

<h2 style="text-align:center">La mare de larmes</h2>
눈물의 웅덩이

« Cela devient de plus en plus intéressant ! » s'écria Alice
"이거 점점 더 흥미로워지고 있어!" 앨리스가 소리쳤다

Vous pouvez voir qu'elle était très surprise
그녀가 매우 놀랐다는 것을 알 수 있습니다

« Je m'ouvre comme le plus grand télescope qui ait jamais existé ! »
"나는 이제껏 존재했던 가장 큰 망원경처럼 펼쳐지고 있다!"

« Au revoir, les pieds ! Oh, mes pauvres petits pieds"
"안녕, 발! 오, 나의 불쌍한 작은 발이여"

« Je me demande qui va vous mettre vos chaussures maintenant, mes chères ? »
"이제 누가 너를 위해 신발을 신어 줄지 궁금하구나, 얘들아?"

et je me demande qui mettra vos bas ?
"그리고 누가 당신의 스타킹을 신을지 궁금합니다."

« Je serai beaucoup trop loin »
"나는 너무 멀리 떨어져 있을 것이다"

« Je ne pourrai plus me soucier de toi »
"더 이상 너 때문에 괴로워하지 않을 거야"

Juste à ce moment, sa tête heurta quelque chose
바로 이 순간 그녀의 머리가 무언가에 부딪혔다

Elle avait atteint le toit de la salle
그녀는 복도의 지붕에 도착했다

En fait, elle mesurait maintenant plus de deux mètres
사실, 그녀의 키는 이제 2미터가 넘었습니다

et elle prit aussitôt la petite clef d'or
그리고 그녀는 즉시 작은 황금 열쇠를 집어 들었다

et elle se précipita vers la porte du jardin
그리고 그녀는 서둘러 정원 문으로 갔다

Pauvre Alice ! Il n'y avait pas grand-chose qu'elle pouvait faire
불쌍한 앨리스! 그녀가 할 수 있는 일은 많지 않았다

Elle s'allongea sur le côté

그녀는 한쪽으로 누웠다

et elle regarda d'un œil dans le jardin
그리고 그녀는 한쪽 눈으로 정원을 들여다보았다

Mais s'en sortir était plus désespéré que jamais
하지만 이를 헤쳐 나가는 것은 그 어느 때보다도
절망적이었다

Elle s'est assise et a recommencé à pleurer
그녀는 주저앉더니 다시 울기 시작했다

Elle a continué à verser des litres de larmes
그녀는 계속해서 눈물을 흘렸다

Bientôt, il y eut une grande flaque tout autour d'elle
얼마 지나지 않아 그녀 주위에는 커다란 웅덩이가
생겼습니다

et l'eau atteignait la moitié du couloir
그리고 물은 복도 반쯤 내려갔다

**Au bout d'un moment, elle entendit un petit claquement de
pieds**
잠시 후, 발이 덜컹거리는 소리가 들렸다

Elle entendit les pas venir de loin
멀리서 발소리가 들렸다

**et elle s'essuya vivement les yeux pour voir ce qui allait
arriver**
그리고 그녀는 무슨 일이 일어날지 보려고 황급히 눈을
닦았다

C'était le retour du Lapin Blanc
흰 토끼가 돌아왔다

Il était magnifiquement vêtu
그는 화려하게 차려입고 있었다

Il avait une paire de gants blancs dans une main
그는 한 손에 흰 장갑을 끼고 있었다

et il avait un grand éventail de plumes dans l'autre main
그리고 다른 손에는 커다란 깃털 부채를 들고 있었다

Il arriva en trottinant en toute hâte
그는 매우 서둘러 걸어왔다

et il murmura en lui-même : « Oh ! la duchesse, la duchesse !
그는 혼잣말로 중얼거렸다. 공작 부인, 공작 부인!"

« Ah ! ne serait-elle pas sauvage si je l'ai fait attendre !
"아! 내가 그녀를 기다리게 했다면 그녀는 야만적이 되지 않을까!"

Quand le Lapin s'approcha d'elle, Alice prit la parole
토끼가 가까이 왔을 때, 앨리스가 말했다
Mais elle parlait d'une voix basse et timide
하지만 그녀는 낮고 소심한 목소리로 말했다
« Monsieur, s'il vous plaît, arrêtez ce que vous faites un instant »
"선생님, 제발 하던 일을 잠시 멈추세요"
Le Lapin sursauta violemment
토끼는 몹시 놀랐다
Il laissa tomber les gants blancs et l'éventail de plumes
그는 흰 장갑과 깃털 부채를 떨어뜨렸다
et il s'enfuit dans les ténèbres aussi vite qu'il le put
그리고 그는 가능한 한 빨리 어둠 속으로 허둥지둥 달아났다
Alice ramassa l'éventail en plumes et les gants
앨리스는 깃털 부채와 장갑을 집어 들었다
Et elle n'arrêtait pas de s'éventer tout en parlant

그리고 그녀는 계속 말하면서 자신을 부채질했다
« Cher, cher ! Comme tout est étrange aujourd'hui ! »
"여보, 여보! 오늘은 모든 것이 얼마나 이상한가!"
« Hier, les choses se sont passées comme d'habitude »
"어제는 모든 것이 평소와 다름없이 진행되었습니다"
« Étais-je le même quand je me suis levé ce matin ? »
"오늘 아침에 일어났을 때도 나도 같았을까?"
« Mais si je ne suis pas le même, il y a une autre question »
"하지만 내가 같지 않다면 또 다른 질문이 있습니다."
« Qui suis-je ? »
"나는 도대체 누구인가?"
« Ah, c'est le grand casse-tête ! »
"아, 정말 대단한 퍼즐이네요!"
En disant cela, elle baissa les yeux sur ses mains
그녀는 이렇게 말하면서 자신의 손을 내려다보았다
Elle portait l'un des petits gants blancs du lapin
그녀는 토끼의 작은 흰 장갑 중 하나를 끼고 있었다
Elle n'avait pas remarqué qu'elle avait mis le gant en parlant
그녀는 이야기하는 동안 장갑을 낀 것을 눈치채지
못했다
« Comment ai-je pu faire cela ? » a-t-elle pensé
"내가 어떻게 그럴 수 있지?" 그녀는 생각했다
« Je dois redevenir petit »
"나는 다시 작아지고 있는 것이 틀림없다"
Elle se leva et s'approcha de la table pour mesurer sa taille
그녀는 일어나서 자신의 키를 측정하기 위해 테이블로
갔다
Elle a découvert qu'elle mesurait maintenant environ un
demi-mètre
그녀는 이제 자신의 키가 약 50미터라는 것을 알게
되었습니다
et elle rétrécissait encore rapidement
그리고 그녀는 여전히 빠르게 줄어들고 있었다
Elle découvrit rapidement quelle était la cause de ce
rétrécissement
그녀는 곧 수축의 원인이 무엇인지 알게 되었습니다

L'éventail de plumes la rendait encore plus petite !
깃털 부채가 그녀를 다시 작게 만들고 있었다!
et elle laissa tomber l'éventail de plumes à la hâte
그리고 그녀는 황급히 깃털 부채를 떨어뜨렸다
Elle laissa tomber l'éventail de plumes juste à temps pour se sauver
그녀는 자신을 구하기 위해 때마침 깃털 부채를 떨어뜨렸다
Si elle s'était éventée plus longtemps, elle se serait complètement retirée
그녀가 더 이상 부채질을 하지 않았더라면 그녀는 완전히 움츠러들었을 것이다
« C'était une échappatoire de justesse ! » dit Alice
"그건 아슬아슬한 탈출이었어!" 앨리스가 말했다
et elle fut bien effrayée de ce changement soudain
그리고 그녀는 갑작스런 변화에 상당히 겁을 먹었다
mais elle était très heureuse de se trouver encore en existence
그러나 그녀는 자신이 아직 살아 있다는 것을 알게 되어 매우 기뻤다
« Et maintenant, en route pour le jardin ! »
"자, 이제 정원으로 가자!"
Et elle courut à toute vitesse vers la petite porte
그리고 그녀는 전속력으로 작은 문으로 달려갔다
Mais, hélas ! La petite porte fut refermée
그러나 슬프게도! 작은 문이 다시 닫혔다
et la petite clé d'or était de nouveau posée sur la table de verre
그리고 작은 황금 열쇠는 다시 유리 탁자 위에 놓여 있었다
« Les choses sont pires que jamais », pensa le pauvre enfant
"상황은 그 어느 때보다도 나쁘다"고 가엾은 아이는 생각했다
« Je n'ai jamais été aussi petit que ça auparavant, jamais ! »
"나는 이렇게 작았던 적이 없었어, 절대로!"
En prononçant ces mots, son pied glissa

그녀가 이 말을 하는 동안, 그녀의 발이 미끄러졌다
et un instant plus tard, il y eut une grande éclaboussure !
그리고 또 다른 순간에 큰 물방울이 튀었습니다!
Elle était dans l'eau salée jusqu'au menton
그녀는 턱까지 차오른 소금물에 잠겨 있었다
Sa première idée fut qu'elle était tombée d'une manière ou d'une autre dans la mer
그녀의 첫 번째 생각은 그녀가 어떻게든 바다에 빠졌다는 것이었습니다
Cependant, elle s'est vite rendu compte dans quoi elle se trouvait
하지만 그녀는 곧 자신이 어떤 상황에 처해 있는지 깨달았습니다
Elle était dans une mare de larmes
그녀는 눈물 웅덩이에 빠져 있었다
les larmes qu'elle avait versées quand elle avait deux mètres de haut
키가 2미터쯤 되었을 때 흘렸던 눈물

Juste à ce moment-là, elle entendit quelque chose
바로 그때 무언가가 들렸다
Quelque chose barbotait dans la mare
수영장에서 무언가가 튀고 있었다
Les éclaboussures venaient d'un peu de loin
튀는 소리는 조금 떨어진 곳에서 나왔습니다
et elle nagea plus près pour voir ce que c'était que les
éclaboussures
그리고 그녀는 물이 튀는 것이 무엇인지 보려고 더
가까이 헤엄쳐 갔다
Elle vit bientôt que ce n'était qu'une petite souris
그녀는 곧 그것이 단지 작은 쥐에 불과하다는 것을
알았습니다
La petite souris s'était également glissée dans l'eau
작은 쥐도 물속으로 미끄러져 들어갔다
Alice réfléchit à la situation
앨리스는 그 상황에 대해 속으로 생각했다
« Serait-il utile de parler à cette souris ? »
"이 쥐에게 말을 걸어도 소용이 있겠는가?"
« Tout est tellement à l'envers ici »
"여기는 모든 것이 너무 거꾸로 되어 있습니다."
« Je pense que c'est très probable que cette souris peut
parler »
"나는 이 쥐가 말을 할 수 있을 가능성이 매우 높다고
생각해야 한다."
« En tout cas, il n'y a pas de mal à essayer »
"어쨌든, 노력하는 것은 나쁠 것이 없습니다"
Alors elle a commencé à essayer de parler à la souris
그래서 그녀는 쥐와 대화를 시도하기 시작했습니다
« Oh Souris, sais-tu comment sortir de cette mare ? »
"오 마우스, 이 수영장에서 나가는 길을 아세요?"
« Je suis bien fatigué de nager ici, ô souris ! »
"여기서 수영하느라 너무 지쳤어, 오 생쥐야!"
La souris la regarda d'un air assez inquisiteur
생쥐는 다소 호기심 어린 눈빛으로 그녀를 바라보았다
La souris semblait cligner de l'œil avec l'un de ses petits

yeux
쥐는 작은 눈 하나로 윙크하는 것 같았다
Mais la petite souris ne dit rien
그러나 작은 쥐는 아무 말도 하지 않았다
**« Peut-être la souris ne comprend-elle pas l'anglais », pensa
Alice**
"아마 쥐가 영어를 이해하지 못할지도 몰라." 앨리스는
생각했어요
« J'ose dis-le que c'est une souris française »
"감히 프랑스 쥐라고 말할 수 있습니다."
**« peut-être que cette souris est venue avec Guillaume le
Conquérant »**
"어쩌면 이 쥐는 정복자 윌리엄과 함께 왔을지도 모른다"
Alors elle a recommencé, en français
그래서 그녀는 프랑스어로 다시 시작했다
« Où est mon chat ? » a-t-elle demandé en français
"내 고양이는 어디 있어요?" 그녀는 프랑스어로 물었다
c'était la première phrase de son livre de leçons de français
그녀의 프랑스어 수업 책의 첫 문장이었다
La souris fit un saut soudain hors de l'eau
생쥐는 갑자기 물 밖으로 뛰어내렸다
et la souris semblait frémir de frayeur
그리고 쥐는 겁에 질려 온몸을 떨고 있는 것 같았다
— Oh ! je vous demande pardon ! s'écria vivement Alice
"아, 용서를 구하네!" 앨리스가 황급히 외쳤다
Elle craignait d'avoir blessé les sentiments du pauvre animal
그녀는 자신이 그 불쌍한 동물의 감정을 상하게 할까 봐
두려웠다
« J'oubliais que tu n'aimais pas les chats »
"네가 고양이를 좋아하지 않는다는 걸 꽤 잊었어"
**« Je n'aime pas les chats ! » cria la Souris d'une voix aiguë et
passionnée**
"나는 고양이를 좋아하지 않아!" 생쥐가 날카롭고
열정적인 목소리로 외쳤다
« Voudrais-tu des chats, si tu étais moi ? »
"당신이 나라면 고양이를 좋아할까요?"

Alice réconforta la souris d'un ton apaisant
앨리스는 달래는 어조로 쥐를 위로했다
« Eh bien, peut-être que je n'aimerais pas non plus les chats
si j'étais vous »
"글쎄, 아마 나도 너라면 고양이를 좋아하지 않을지도
몰라"
« S'il vous plaît, ne soyez pas en colère à propos de la
mention des chats »
"고양이 얘기에 화내지 말아주세요"
« Et pourtant, j'aimerais pouvoir te montrer notre chat
Dinah »
"그래도 우리 고양이 디나를 보여줄 수 있으면
좋겠어요."
« Si vous la rencontriez, je pense que vous prendriez goût
aux chats »
"당신이 그녀를 만난다면 나는 당신이 고양이를 좋아할
것이라고 생각합니다."
« Si seulement vous pouviez la voir »
"그녀를 볼 수만 있다면"
« Elle est une chose si chère et si calme »
"그녀는 정말 소중하고 조용한 존재입니다"
La souris tremblait de partout
쥐는 온몸이 떨리고 있었다
Alice était certaine que la souris devait être vraiment
offensée
앨리스는 그 쥐가 정말로 기분이 상했을 것이라고
확신했다
« On ne parlera plus d'elle, si tu préfères ne pas le faire »
"더 이상 그녀에 대해 얘기하지 않을 거야, 차라리 안
얘기하고 싶다면"
« Nous, en effet ! » s'écria la Souris
"정말로!" 쥐가 소리쳤다
La souris tremblait jusqu'au bout de sa queue
쥐는 꼬리 끝까지 떨고 있었다
« Comme si je voulais parler d'un tel sujet ! »
"마치 그런 주제에 대해 이야기할 것처럼!"

« Notre famille a toujours détesté les chats »
"우리 가족은 항상 고양이를 싫어했어요"
"Les chats ; des choses méchantes, basses, vulgaires !
"고양이; 더럽고, 저열하고, 저속한 것들!"
« Ne me laissez plus entendre le nom ! »
"다시는 그 이름을 듣지 못하게 해!"
— Je ne parlerai plus des chats, en effet, dit Alice
"다시는 고양이 얘기하지 않을게요!" 앨리스가 말했다
Elle était très pressée de changer de sujet
그녀는 몹시 서둘러 화제를 바꿨다
"Êtes-vous... Aimez-vous les chiens ?
"당신은... 너 개 좋아하니?"
« Il y a un petit chien si gentil près de notre maison, »
"우리 집 근처에 정말 착한 작은 개가 있어요."
« Je voudrais te montrer le petit chien ! »
"작은 개를 보여주고 싶어요!"
"Ce petit chien tue tous les rats et...
"이 작은 개는 모든 쥐를 죽이고...
« Oh ! mon Dieu ! » s'écria Alice d'un ton triste
"오, 이런!" 앨리스가 슬픈 목소리로 외쳤다
« J'ai peur de t'avoir encore offensé ! »
"내가 또 너를 화나게 할까 봐 두렵구나!"
La souris nageait loin d'elle aussi vite qu'elle le pouvait
쥐는 가능한 한 빨리 그녀에게서 헤엄쳐 멀어지고
있었다
et la souris fit tout un vacarme dans la mare
그리고 쥐는 수영장에서 꽤 소란을 일으켰습니다
Alors elle appela doucement la souris
그래서 그녀는 조용히 쥐를 불렀다
« Ma chère souris, s'il vous plaît, revenez ! »
"내 소중한 쥐야, 제발 돌아와!"
« Et nous ne parlerons pas des chats »
"그리고 우리는 고양이 얘기하지 않을 거야"
« Et nous n'avons pas non plus besoin de parler des chiens »
"그리고 우리는 개 얘기를 할 필요도 없어요"
Quand la souris entendit cela, elle se retourna

이 말을 들은 쥐는 돌아섰습니다

et la petite souris nagea lentement vers elle

그리고 작은 쥐는 천천히 헤엄쳐 그녀에게 돌아왔다

Le visage de la souris était assez pâle

쥐의 얼굴은 꽤 창백했다

et la souris parla d'une voix basse et tremblante

그리고 쥐는 낮고 떨리는 목소리로 말했다

« Allons à la rive »

"바닷가로 가자"

« et ensuite je vous raconterai mon histoire »

"그럼 내 역사를 말해줄게"

« et vous comprendrez pourquoi c'est moi qui déteste les chats et les chiens »

"그리고 당신은 왜 내가 고양이와 개를 싫어하는지 이해할 것입니다."

Il était grand temps de partir

갈 때가 된 것이다

parce que la piscine devenait assez bondée

수영장이 꽤 붐비고 있었기 때문에

D'autres oiseaux et animaux étaient tombés dans la mare

다른 새들과 동물들이 웅덩이에 빠진 것이다

il y avait un Canard et un Dodo

오리와 도도새가있었습니다

et il y avait un oiseau Lory et un aiglon

그리고 로리 새와 독수리가있었습니다

et il y avait plusieurs autres créatures intéressantes

그리고 몇 가지 다른 흥미로운 생물이있었습니다

Alice a ouvert la voie à la sortie de la piscine

앨리스는 수영장 밖으로 나가는 길을 안내했습니다

et toute la troupe des animaux nagea jusqu'au rivage

그러자 한 무리의 동물들이 모두 물가로 헤엄쳐 갔다

C'était en effet une bande d'animaux à l'allure amusante
그들은 정말로 우스꽝스럽게 생긴 동물 무리였습니다
et ils se rassemblèrent tous sur le bord de l'eau
그들은 모두 물가에 모였다
Les oiseaux avaient tous des plumes débraillées
새들은 모두 깃털이 휘날리고 있었다
et les animaux à fourrure étaient trempés
그리고 털이 복슬복슬한 동물들은 온몸에 흠뻑 젖었다
et tous étaient trempés, agacés et mal à l'aise
그리고 모든 것이 뚝뚝 떨어지고 짜증이 나고
불편했습니다

Il y avait une question à laquelle il fallait répondre en premier
먼저 대답해아 할 질문이 하니 있었습니다
Quelle est la meilleure façon pour tout le monde de se sécher ?
모든 사람이 건조해지는 가장 좋은 방법은 무엇입니까?
Ils ont tenu une consultation à ce sujet
그들은 이 문제에 대해 상의하였다
Bientôt, ils furent tous en bons termes
얼마 지나지 않아 그들은 모두 익숙한 사이가 되었다
C'était comme si elle les avait connus toute sa vie

마치 평생 그들을 알고 지낸 것 같았다
La souris semblait être une personne d'une certaine autorité
그 쥐는 어떤 권위를 가진 사람인 것 같았다
« Asseyez-vous, vous tous, et écoutez-moi !
"여러분 모두 앉아서 내 말을 들어라!
« Je vais bientôt vous faire sécher à nouveau ! »
"곧 너희들을 다시 말리게 할 거야!"
Ils s'assirent tous en même temps, dans un grand cercle
그들은 모두 동시에 커다란 고리 모양으로 앉았다
et la petite souris s'assit au milieu
그리고 작은 쥐는 중간에 앉았습니다
« Hum ! » dit la souris d'un air important
"에헴!" 생쥐가 의미심장한 어조로 말했다
« Êtes-vous tous prêts ? »
"준비됐어?"
« C'est la chose la plus sèche que je connaisse »
"이것은 내가 아는 가장 건조한 것입니다"
« Silence tout autour, s'il vous plaît ! »
"원하신다면 사방에서 조용히 하세요!"
« Guillaume le Conquérant était favorisé par le pape »
"정복왕 윌리엄은 교황의 총애를 받았다"
« mais il fut bientôt soumis par les Anglais »
"그러나 그는 곧 영국인들에게 복종했다"
« Ils voulaient des leaders ces derniers temps »
"그들은 후기의 지도자를 원했다"
« et ils avaient été habitués au pouvoir et à la conquête »
"그들은 권력과 정복에 익숙해져 있었더라"
« Edwin et Morcar, les comtes de Mercie et de
Northumbrie »
"에드윈과 모르카, 머시아와 노섬브리아 백작"
« Pouah ! » dit l'oiseau lori, avec un frisson
"으윽!" 로리 새가 떨리는 목소리로 말했다
« et même Stigand, l'archevêque patriote de Cantorbéry »
"그리고 애국적인 캔터베리 대주교인 스티간드까지"
« Il l'a également trouvé opportun »
"그는 또한 그것이 바람직하다는 것을 알았다"

« Qu'a-t-il trouvé à propos ? » dit le canard

"어떤 게 좋을까요?" 오리가 말했다

— Il l'a trouvé opportun, répondit la souris d'un ton un peu contrarié

"그는 그것이 바람직하다고 생각했습니다." 쥐는 다소 무뚝뚝하게 대답했다

Mais le canard n'était pas satisfait

그러나 오리는 만족하지 않았습니다

« Bien sûr, vous savez ce que 'it' signifie »

"물론, 당신은 '그것'이 무엇을 의미하는지 알고 있습니다."

« Je sais ce que c'est quand je trouve quelque chose », dit le canard

"나는 물건을 찾으면 '그것'이 무엇인지 안다." 오리가 말했다

« C'est généralement une grenouille ou un ver »

"일반적으로 개구리나 벌레입니다"

« La question est de savoir ce que l'archevêque a trouvé ?

"문제는, 대주교가 무엇을 발견했는가 하는 것입니다."

La souris n'a pas remarqué cette question

마우스는이 질문을 알아 차리지 못했습니다

Au lieu de cela, la souris continua précipitamment son discours

대신, 쥐는 서둘러 말을 계속했다

« il a jugé opportun d'aller avec Edgar Atheling »

"그는 Edgar Atheling과 함께 가는 것이 바람직하다는 것을 알았습니다."

« pour rencontrer Guillaume et lui offrir la couronne »

"윌리엄을 만나 왕관을 드리기 위해"

la souris continua, se tournant vers Alice pendant qu'elle parlait

생쥐는 앨리스를 향해 몸을 돌리며 말을 이었다

« Comment allez-vous maintenant, ma chère ? »

"여보, 지금 어떻게 지내고 있니?"

— Aussi mouillée que jamais, dit Alice d'un ton mélancolique

"여느 때처럼 젖었어," 앨리스가 우울한 어조로 말했다
« Cette histoire n'a pas l'air de me tarir du tout »
"이 이야기는 나를 전혀 건조시키지 않는 것 같아"
— Dans ce cas, dit solennellement le dodo en se levant
"그렇다면," 도도새가 엄숙하게 말하며 일어섰다
« Je vote pour l'ajournement de la séance »
"회의를 폐회할 것을 투표합니다."
« et je propose l'adoption immédiate de remèdes plus énergiques »
"그리고 나는 더 적극적인 치료법을 즉각 채택할 것을 제안한다."
« Dis des paroles vraies ! » dit l'aiglon
"진짜 말을 해!" 독수리가 말했다
« Je ne connais pas le sens de la moitié de ces longs mots »
"그 긴 단어의 절반의 의미를 모릅니다"
et, qui plus est, je ne crois pas que vous le sachiez non plus !
"그리고 더군다나, 너도 안다고는 생각하지 않아!"
— Ce que j'allais dire, dit le dodo d'un ton offensé
"무슨 말을 하려던 건지." 도도새가 기분 나빠하는 어조로 말했다
« La meilleure chose à faire pour nous sécher serait une course au caucus »
"우리를 말리는 가장 좋은 방법은 코커스 경선일 것이다"
« Qu'est-ce qu'une course de caucus ? » demanda Alice
"코커스 레이스가 뭐야?" 앨리스가 말했다

« Eh bien, » dit le dodo, « la meilleure façon de l'expliquer,
c'est de le faire »
"글쎄요," 도도새가 말했다, "그것을 설명하는 가장 좋은
방법은 직접 해보는 것입니다."
« D'abord, le dodo a tracé un parcours »
"먼저 도도새는 경마장을 표시해 놓았다"
« La piste était dans une sorte de cercle »
"트랙은 일종의 원 안에 있었습니다."
« Et puis tout le groupe a été placé le long du parcours »
"그런 다음 모든 파티가 코스를 따라 배치되었습니다."
Il n'y avait pas de « Un, deux, trois et c'est parti ! »
"하나, 둘, 셋, 그리고 떨어져!"
Mais ils ont commencé à courir quand ils voulaient
그러나 그들은 그들이 원할 때 달리기 시작했다
et ils finissaient aussi quand ils le voulaient
그리고 그들은 또한 그들이 좋아할 때 끝났습니다
Il n'était donc pas facile de savoir quand la course était
terminée
그래서 경주가 언제 끝났는지 알기가 쉽지 않았습니다
Après environ une demi-heure de course, ils étaient tous
assez secs
30 분 정도 달리고 나면 모두 완전히 건조했습니다
le dodo s'écria soudain : « La course est finie ! »
도도새는 갑자기 "경주가 끝났어!" 하고 소리쳤습니다.
Et ils se pressèrent tous autour du Dodo
그리고 그들은 모두 도도새 주위로 모여들었다
Tous les animaux haletaient et soufflaient
모든 동물들이 헐떡거리며 숨을 헐떡이고 있었다
et tous voulaient savoir : « Mais qui a gagné ? »
그리고 그들 모두는 "그러나 누가 이겼는가?" 하고 알고
싶어 했다.
Le dodo ne pouvait pas répondre immédiatement à cette
question
이 질문에 도도새는 즉시 대답할 수 없었다
D'abord, il a dû beaucoup réfléchir
먼저 그는 많은 생각을 해야 했다

Après mûre réflexion, le dodo finit par parler
많은 생각 끝에 도도새가 마침내 입을 열었다
« Tout le monde a gagné, et tous doivent avoir des prix »
"모두가 이겼고, 모두에게 상이 있어야 한다"
« Mais qui doit donner les prix ? » demanda un chœur de
voix
"하지만 누가 상을 줄 것인가?" 여러 목소리가 합창으로
물었다
— Eh bien, elle, bien sûr, dit le dodo
"물론이지." 도도새가 말했다
et le dodo pointa d'un doigt vers Alice
도도새는 한 손가락으로 앨리스를 가리켰다
et toute la troupe des animaux se pressait autour d'elle
그리고 모든 동물 무리가 그녀 주위로 몰려들었다
ils ont crié, d'une manière confuse : « Des prix ! Des prix !
그들은 혼란스러워하며 "상품! 경품!"
Alice n'avait aucune idée de ce qu'elle devait faire
앨리스는 어찌할 바를 몰랐다
Désespérée, elle mit la main dans sa poche
절망에 빠진 그녀는 주머니에 손을 넣었다
Et elle en sortit une boîte de bonbons
그리고 그녀는 과자 한 상자를 꺼냈다
Heureusement, l'eau salée n'était pas entrée dans la boîte
다행히 소금물은 상자에 들어가지 않았습니다
et elle a distribué les bonbons comme prix
그리고 그녀는 과자를 선물로 건넸습니다
Il y avait exactement une pièce pour tout le monde
모두를 위한 딱 한 조각이 있었습니다
La prochaine chose qu'ils devaient faire était de manger les
bonbons
그 다음으로 그들이 해야 할 일은 과자를 먹는 것이었다
Cela a causé du bruit et de la confusion
이로 인해 약간의 소음과 혼란이 발생했습니다
Les grands oiseaux se plaignaient de ne pas pouvoir goûter
leurs bonbons
큰 새들은 단 것을 맛볼 수 없다고 불평했습니다

Les petits s'étouffaient et devaient être tapotés dans le dos
작은 아이들은 숨이 막혀서 등을 두드려 주어야
했습니다
Cependant, c'était enfin fini
그러나 결국 끝났다
Et ils se rassirent en cercle
그리고 그들은 다시 둥글게 앉았다
et ils supplièrent la souris de leur dire quelque chose de
plus
그리고 그들은 쥐에게 더 많은 것을 말해 달라고
간청했습니다
— Vous m'avez promis de me raconter votre histoire, vous
savez, dit Alice
"너의 내력을 말해주기로 약속했잖아." 앨리스가 말했다
et elle fit une autre petite remarque sur les chats à voix basse
그리고 그녀는 속삭이듯 고양이에 대해 또 한 번
언급했다
Elle ne voulait pas offenser à nouveau la souris
다시는 생쥐의 기분을 상하게 하고 싶지 않았다
la petite souris se tourna vers Alice et soupira
작은 쥐는 앨리스를 돌아보며 한숨을 쉬었다
« Ma conte est long et triste ! »
"내 이야기는 길고 슬픈 이야기야!"
— C'est une longue queue, certainement, dit Alice
"확실히 긴 꼬리야." 앨리스가 말했다
et elle baissa les yeux avec étonnement sur la queue de la
souris
그리고 그녀는 경이로운 눈빛으로 쥐의 꼬리를
내려다보았다
« Mais pourquoi appelez-vous cela une queue triste ? »
"그런데 왜 슬픈 꼬리라고 부르는 거죠?"
Et elle n'arrêtait pas de s'interroger à ce sujet pendant que la
souris parlait
그리고 그녀는 쥐가 말하는 동안 그것에 대해 계속
수수께끼를 풀었습니다
de sorte que son idée de l'histoire était quelque chose

comme ceci

그래서 이야기에 대한 그녀의 생각은 이랬습니다

                    "Fury said to
                      a mouse, That
                        he met in the
                          house, 'Let
                            us both go
                              to law: *I*
                              will prosecute
                            you.——
                              Come, I'll
                                take no denial:
                              We must have
                            the trial;
                          For really
                        this morning
                    I've
                    nothing
                    to do.'
                        Said the
                          mouse to
                            the cur,
                            'Such a
                              trial, dear
                                sir, With
                                  no jury
                                    or judge,
                                    would
                                    be wasting
                                  our
                              breath.'
                            'I'll be
                          judge,
                        I'll be
                    jury,'
                  said
                  cunning
                    old
                      Fury;
                        'I'll
                          try
                            the
                              whole
                                cause,
                                and
                              condemn
                              you to
                    death.'"

Fury dit à une souris : Qu'il s'est rencontré dans la maison.
분노가 쥐에게 말했다, 그는 집에서 만났다고."

Allons tous les deux en justice, je vous poursuivrai
우리 둘 다 법으로 가자: 내가 너를 기소할 거야

Allons, je n'accepterai aucun démenti : il faut que nous fassions l'épreuve
이리 오라, 나는 부인하지 않을 것이다: 우리는 재판을 받아야 한다

Car vraiment ce matin je n'ai rien à faire
정말 오늘 아침에는 할 일이 없습니다

Dit la souris au maudit ;

쥐가 커에게 말했다.

Un tel procès, cher monsieur, sans jury ni juge, nous ferait perdre notre souffle

친애하는 각하, 배심원이나 판사가 없는 그런 재판은 우리의 숨을 낭비하는 것입니다

« Je serai juge, je serai jury », dit le vieux rusé Fury

"내가 판사가 될 거야, 내가 배심원이 될 거야." 교활한 늙은 퓨리가 말했다

Je vais juger toute la cause, et je vous condamnerai à mort

내가 모든 원인을 다 써서 너에게 사형을 선고하겠다

la souris parla sévèrement à Alice

쥐는 앨리스에게 심하게 말했다

« Tu ne fais pas attention ! »

"넌 주의를 기울이지 않아!"

« À quoi pensez-vous ? »

"무슨 생각을 하고 있니?"

— Je vous demande pardon, dit Alice très humblement

"용서를 구합니다." 앨리스는 매우 겸손하게 말했다

« Tu étais arrivé au cinquième virage, je crois ? »

"다섯 번째 굽이까지 간 것 같은데?"

« Vous m'insultez en disant de telles bêtises ! »

"그런 말도 안 되는 소리로 나를 모욕하는구나!"

Et la souris se leva et s'éloigna

그리고 쥐는 일어나서 걸어 나갔다

Alice appela la petite souris

앨리스는 작은 쥐를 불렀다

« S'il vous plaît, revenez et terminez votre histoire ! »

"제발 돌아와서 네 이야기를 끝내마!"

Et les autres se joignirent tous en chœur

그리고 다른 사람들도 모두 합창으로 합창했다

« Oui, s'il vous plaît, terminez votre histoire ! »

"네, 제발 이야기를 끝내주세요!"

Mais la souris se contenta de secouer la tête avec impatience

그러나 쥐는 참을성 없이 고개를 저을 뿐이었다

et la petite souris marchait un peu plus vite

그리고 작은 쥐는 조금 더 빨리 걸었습니다

« Je voudrais bien avoir Dinah, notre chat, ici ! » dit Alice
"우리 고양이 디나가 여기 있었으면 좋겠어!" 앨리스가
말했다

Cela provoqua une sensation remarquable parmi le parti
이것은 당내에서 놀라운 센세이션을 일으켰다

Quelques-uns des oiseaux se hâtèrent de s'éloigner
몇몇 새들은 즉시 서둘러 떠났다

et un canari appela d'une voix tremblante ses enfants ;
카나리아 한 마리가 떨리는 목소리로 자식들을 불렀다.

« Allez-vous-en, mes chères ! »
"저리 가라, 얘들아!"

« Il est grand temps que vous soyez tous au lit ! »
"너희들 모두 침대에 누워 있을 때가 됐어!"

Avec diverses excuses, ils sont tous partis
그들은 여러 가지 핑계를 대며 모두 가버렸다

et Alice se retrouva bientôt seule
앨리스는 곧 혼자 남게 되었다

« J'aurais aimé ne pas avoir mentionné Dinah ! »
"디나 얘기를 안 했더라면 좋았을 텐데!"

« Personne n'a l'air de l'aimer ici »
"여기선 아무도 그녀를 좋아하지 않는 것 같아"

« Mais je suis sûr que c'est la meilleure chatte du monde ! »
"하지만 나는 그녀가 세상에서 가장 좋은 고양이라고
확신합니다!"

La pauvre Alice se remit à pleurer
가엾은 앨리스는 다시 울기 시작했다

parce qu'elle se sentait très seule et déprimée
그녀는 몹시 외롭고 우울했기 때문입니다

Au bout de peu de temps, cependant, elle entendit de
nouveau quelque chose
하지만 잠시 후, 그녀는 다시 뭔가를 듣게 되었다

un petit bruit de pas au loin
멀리서 들려오는 작은 발자국 소리

et elle leva les yeux avec impatience
그리고 그녀는 간절히 위를 올려다보았다

Le lapin envoie le petit M. Bill
토끼는 작은 빌 씨를 보냅니다

C'était le lapin blanc, qui revenait lentement au trot

흰 토끼가 다시 천천히 걸어갔다

Il regardait anxieusement autour de lui en chemin

그는 가면서 걱정스럽게 주위를 둘러보고 있었다

Il avait l'air d'avoir perdu quelque chose

그는 뭔가를 잃어버린 것처럼 보였다

Alice l'entendit marmonner pour lui-même

앨리스는 그가 혼잣말로 중얼거리는 것을 들었다

— La duchesse ! La Duchesse ! Oh, mes chères pattes !

"공작 부인! 공작 부인! 오, 내 소중한 발!"

« Oh, ma fourrure et mes moustaches ! »

"오, 내 털과 수염!"

« Elle va me faire exécuter, j'en suis sûr »

"그녀는 나를 처형할 거야, 난 확신해"

« Aussi sûr que les furets sont des furets ! »

"페럿이 페럿인 것처럼 확실합니다!"

« Où ai-je pu laisser tomber mes affaires, je me demande ? »

"내 물건을 어디에 떨어뜨렸을까?"

Alice devina en un instant ce qu'il cherchait
앨리스는 그가 무엇을 찾고 있는지 순식간에 짐작했다
Il cherchait l'éventail de plumes
그는 깃털 부채를 찾고 있었다
et il cherchait la paire de gants blancs
그리고 그는 흰 장갑 한 켤레를 찾고 있었습니다
Elle se mit donc très gentiment à chercher les gants
그래서 그녀는 아주 친절하게도 장갑을 찾기
시작했습니다
Et elle chercha aussi l'éventail de plumes
그리고 그녀는 깃털 부채도 찾았습니다
Mais les gants et l'éventail de plumes étaient introuvables
그러나 장갑과 깃털 부채는 어디에도 보이지 않았다
Tout semblait avoir changé depuis sa baignade dans la piscine
수영장에서 수영한 이후로 모든 것이 변한 것 같았다
Rien n'était pareil depuis qu'elle était dans la grande salle
그녀가 그레이트 홀에 있을 때와 지금과는 아무것도
같지 않았다
et la table de verre avait disparu
그리고 유리 테이블은 사라졌다
Et la petite porte n'était pas là non plus
그리고 작은 문도 거기에 없었습니다
Très vite, le lapin remarqua Alice
토끼는 곧 앨리스를 알아차렸어요
Il l'appela d'un ton furieux
그는 화난 어조로 그녀를 불렀다
« Mary Ann, que fais-tu ici ? »
"메리 앤, 여기서 뭐 하는 거야?"
« Rentre chez toi à l'instant même »
"지금 당장 집으로 달려라"
« Et apporte-moi une paire de gants et un éventail de plumes ! »
"그리고 장갑 한 켤레와 깃털 부채를 가져와!"
« Et faites vite ! »
"그리고 서두르세요!"

Alice se parlait à elle-même en s'enfuyant
앨리스는 도망치면서 혼잣말을 했다
— Il a dû me prendre pour sa femme de chambre !
"나를 가정부로 착각한 모양이나 봐!"
« Comme il sera surpris quand il découvrira qui je suis ! »
"내가 누군지 알게 되면 얼마나 놀랄까!"
En disant cela, elle tomba sur une petite maison soignée
그녀가 이렇게 말했을 때, 그녀는 깔끔한 작은 집을
만났습니다
Sur la porte de la maison se trouvait une plaque de laiton
brillant
그 집의 문에는 밝은 놋쇠판이 달려 있었다
« W. LAPIN »
"W. 토끼"
Elle entra sans frapper à la porte
그녀는 문을 두드리지도 않고 들어갔다
et elle se hâta de monter l'escalier
그리고 그녀는 곧장 위층으로 올라갔다
elle craignait de rencontrer la vraie Mary Ann
그녀는 진짜 메리 앤을 만날 수 있을지 걱정했다
parce qu'alors elle serait chassée de la maison
그렇게 되면 그 여자는 집에서 쫓겨날 것이기
때문입니다
et elle ne pourrait pas trouver l'éventail de plumes et les
gants
그리고 그녀는 깃털 부채와 장갑을 찾을 수 없을
것입니다
Alice s'était frayé un chemin dans une petite pièce bien
rangée
앨리스는 깔끔한 작은 방으로 들어갔다
Dans la pièce, il y avait une table près de la fenêtre
방 안에는 창가에 테이블이있었습니다
et sur la table, il y avait un éventail de plumes
그리고 탁자 위에는 깃털 부채가 있었다
et il y avait deux ou trois paires de petits gants blancs
그리고 두세 켤레의 작은 흰 장갑이 있었다

Elle ramassa l'éventail en plumes et une paire de gants

그녀는 깃털 부채와 장갑 한 켤레를 집어 들었다

et elle allait quitter la pièce

그리고 그녀는 막 방을 나가려고 했다

mais alors ses yeux tombèrent sur une petite bouteille

하지만 이내 그녀의 시선이 작은 병에 꽂혔다

Elle déboucha la bouteille et la porta à ses lèvres

그녀는 병의 코르크 마개를 따서 입술에 가져다 댔다

« J'espère que cela me fera redevenir grand »

"나를 다시 크게 키울 수 있기를 바랍니다"

« J'en ai marre d'être une toute petite chose ! »

"나는 그렇게 작고 작은 존재가 지겹다!"

Alice avait à peine bu la moitié de la bouteille

앨리스는 그 병의 절반도 마시지 않았다

Sa tête était déjà appuyée contre le plafond

그녀의 머리는 이미 천장에 밀착되어 있었다

et elle dut se baisser

그리고 그녀는 몸을 굽혀야 했다

pour sauver son cou d'être brisé

그녀의 목이 부러지는 것을 막기 위해

Elle posa précipitamment la bouteille

그녀는 서둘러 병을 내려놓았다

« C'est bien assez »

"그 정도면 충분해"

« J'espère que je ne grandirai plus »

"더 이상 성장하지 않았으면 좋겠어요"

Hélas! Il était trop tard pour souhaiter cela !

슬프게 도! 그것을 바라기에는 너무 늦었습니다!

Elle n'a cessé de grandir

그녀는 계속 성장하고 성장했습니다

et très vite elle dut s'agenouiller sur le sol

그리고 얼마 지나지 않아 그녀는 바닥에 무릎을 꿇어야 했다

Et même alors, elle a continué à grandir

그리고 그 후에도 그녀는 계속 성장했습니다

Comme dernière ressource, elle passa un bras par la fenêtre

최후의 수단으로 그녀는 한쪽 팔을 창문 밖으로
내밀었다
et elle mit un pied dans la cheminée
그리고 그녀는 한쪽 발을 굴뚝 위로 올렸다
« Maintenant, je ne peux plus faire, quoi qu'il arrive »
"이제 나는 무슨 일이 있어도 더 이상 할 수 있는 일이
없습니다"
« Que vais-je devenir ? »
"나는 어떻게 될 것인가?"

Alice a eu un peu de chance
앨리스에게는 행운이 따랐다
La petite bouteille magique avait fait son plein effet
그 작은 마법의 병이 완전한 효과를 발휘한 것이다
et Alice ne grandit pas plus qu'elle n'était
앨리스는 그녀보다 더 크게 자라지 않았다
Au bout de quelques minutes, elle entendit une voix à
l'extérieur

몇 분 후, 밖에서 목소리가 들렸다
et elle s'arrêta pour écouter la voix
그리고 그녀는 멈춰 서서 그 목소리에 귀를 기울였다
« Mary Ann ! Mary Ann ! dit la voix
"메리 앤! 메리 앤!" 목소리가 말했다
« Apporte-moi mes gants tout de suite ! »
"지금 당장 내 장갑을 가져와!"
Puis vint un petit claquement de pieds dans l'escalier
그때 계단에서 발을 살짝 퉁기는 소리가 들렸다
Alice savait que c'était le lapin qui venait la chercher
앨리스는 토끼가 자신을 찾으러 오는 것임을 알았습니다
et elle trembla jusqu'à faire trembler la maison
그 여자는 집을 흔들 때까지 떨었다
elle oublia tout à fait quelles étaient ses proportions
그녀는 자신의 비율이 얼마인지 잊어버렸다
Elle était mille fois plus grosse que le lapin
그녀는 토끼보다 천 배나 컸다
et elle n'avait aucune raison d'avoir peur d'un lapin
그리고 그녀는 토끼를 무서워할 이유가 없었다
Bientôt le lapin s'approcha de la porte
이윽고 토끼가 문으로 다가왔다
et le petit lapin essaya d'ouvrir la porte
그리고 작은 토끼는 문을 열려고 했습니다
La porte a commencé à s'ouvrir vers l'intérieur
문이 안쪽으로 열리기 시작했다
mais le coude d'Alice était fortement appuyé contre la porte
하지만 앨리스의 팔꿈치가 문에 세게 눌려 있었다
Cette tentative s'est avérée un échec
그 시도는 실패로 끝났다
Alice entendit le lapin se parler à lui-même
앨리스는 토끼가 혼잣말을 하는 것을 들었어요
« Ensuite, je vais faire le tour et entrer par la fenêtre »
"그럼 돌아서 창문으로 들어갈게요"
« Que tu ne le feras pas ! » pensa Alice
"그럴 리가 없잖아!" 앨리스는 생각했다
Et elle attendit encore un peu

그리고 그녀는 다시 조금 기다렸다
Bientôt, elle entendit le lapin juste sous la fenêtre
얼마 지나지 않아 창밖으로 토끼 울음소리가 들렸다
Elle étendit soudain la main
그녀는 갑자기 손을 뻗었다
et elle fit une prise en l'air
그리고 그녀는 공중에서 낚아챘다
Elle n'a rien attrapé
그녀는 아무것도 손에 넣지 못했다
mais elle entendit un petit cri et une chute
하지만 작은 비명과 넘어지는 소리가 들렸다
et elle entendit un fracas de verre brisé
그리고 깨진 유리가 부딪히는 소리가 들렸다
Peut-être le lapin était-il tombé
어쩌면 토끼가 떨어졌을지도 모른다
Peut-être était-il dans une serre
어쩌면 그는 온실에 있었을지도 모른다
Puis vint une voix en colère ; La voix du lapin
다음으로 성난 목소리가 들려왔다. 토끼의 목소리
« Pat, où es-tu ? »
"팻, 어디 있니?"
Et puis vint une voix qu'elle n'avait jamais entendue auparavant
그때 그녀가 한 번도 들어본 적 없는 목소리가 들려왔다
« Votre honneur, je suis là ! »
"영광입니다, 제가 여기 있습니다!"
« Je creuse pour trouver des pommes »
"나는 사과를 캐고 있어요"
« Ici ! Venez m'aider à m'en sortir !
"여기! 와서 나를 도와줘!"
« Maintenant, dis-moi, Pat, qu'est-ce qu'il y a dans la fenêtre ? »
"이제 말해봐, 팻, 창문에 뭐가 있지?"
« Bien sûr, Votre Honneur, je vais vous le dire »
"물론이지, 너의 영광이여, 내가 말해 줄게"
« C'est un bras qui est dans la fenêtre ! »

"창문에 있는 건 팔이야!"
« Eh bien, un bras n'a rien à faire là-bas »
"글쎄, 거기에는 팔이 장사가 없습니다"
« Va et enlève le bras ! »
"가서 팔을 치워라!"
Il y eut un long silence après cela
그 후 긴 침묵이 흘렀다
et Alice n'entendait que des chuchotements de temps en temps
앨리스는 이따금 속삭이는 소리만 들을 수 있었다
et enfin elle étendit de nouveau la main
마침내 그녀는 다시 손을 뻗었다
et elle fit une autre arrachée dans les airs
그리고 그녀는 다시 한 번 허공을 낚아챘다
Cette fois, il y eut deux petits cris
이번에는 두 번의 작은 비명이 들렸다
et il y avait d'autres bruits de verre brisé
그리고 깨진 유리 소리가 더 많이 들렸다
« Je me demande ce qu'ils vont faire ensuite ! » pensa Alice
"그들이 다음에 뭘 할지 궁금해!" 앨리스는 생각했다
« J'aimerais qu'ils me tirent par la fenêtre »
"그들이 나를 창문 밖으로 끌어 냈으면 좋겠다"
Elle attendit un certain temps
그녀는 얼마 동안 기다렸다
Mais pendant un moment, elle n'entendit plus rien
하지만 한동안 그녀는 더 이상 아무 소리도 듣지 못했다
Enfin, il y eut un grondement de petites roues
마침내 작은 바퀴가 덜컹거리는 소리가 들렸다
et il y eut le son d'un bon nombre de voix
그리고 많은 목소리가 들려왔다
Toutes les voix parlaient ensemble
모든 목소리가 함께 이야기하고 있었다
Elle pouvait distinguer certaines des paroles
그녀는 몇 가지 단어를 알아들을 수 있었다
« Où est l'autre échelle ? »
"다른 사다리는 어디 있지?"

« Bill a l'autre échelle »
"빌은 다른 사다리를 가지고 있어"
« Bill, viens ici ! »
"빌, 이리 와!"
« Le toit va-t-il supporter le fardeau ? »
"지붕이 하중을 견딜 수 있습니까?"
« Qui veut descendre par la cheminée ? »
"누가 굴뚝으로 내려가고 싶겠어요?"
— Non, je ne le ferai pas ! Vous le faites !
"안 돼, 안 돼! 네가 해!"
« Tiens, Bill ! »
"여기요, 빌!"
« Le maître dit qu'il faut descendre par la cheminée ! »
"주인님이 굴뚝으로 내려가야 한다고 하셨어요!"
Alice descendit son pied aussi loin qu'elle le put dans la cheminée
앨리스는 굴뚝 아래로 최대한 발을 딛었다
Et puis elle attendit de voir ce qui allait arriver
그리고 그녀는 무슨 일이 일어날지 기다렸다
Elle entendit un petit animal gratter et se débattre
작은 동물이 할퀴고 허둥대는 소리가 들렸다
Le petit animal doit être dans la cheminée
작은 동물은 굴뚝에 있어야합니다.
Puis elle donna un coup de pied sec
그러고는 날카로운 발길질을 한 번 했다
et elle attendit de voir ce qui allait se passer ensuite
그리고 그녀는 다음에 무슨 일이 일어날지 기다렸다
Elle entendit un chœur général de voix
그녀는 여러 사람의 목소리를 합창하는 것을 들었다
« Voilà Bill ! » dirent-ils tous
"저기 빌이 간다!" 그들이 모두 말했다
Puis elle entendit la voix du lapin seule
그때 그녀는 혼자서 토끼의 목소리를 들었다
« Toi par la haie, attrape-le ! »
"산울타리 옆에 있는 놈을 잡아라!"
Il y eut un autre moment de silence

다시 침묵이 흘렀다

Et puis il y eut une autre confusion de voix

그리고 또 다른 혼란스러운 목소리가 들려왔다

« Lève la tête, Brandy »

"고개를 들어, 브랜디"

« Attention à ne pas l'étouffer »

"그의 목을 조르지 않도록 조심하십시오"

« Qu'est-ce qui t'est arrivé ? »

"너한테 무슨 일이 있었니?"

Enfin, une petite voix faible et grinçante est apparue

마지막은 약간 약하고 삐걱거리는 목소리가 들려왔다

« Eh bien, je n'en sais presque pas plus »

"글쎄요, 더 이상은 거의 모르겠어요"

« merci à tous, je vais mieux maintenant »

"모두 감사합니다, 이제 나아졌습니다"

« il y a une chose dont je peux me souvenir »

"내가 기억할 수 있는 한 가지가 있다"

« Quelque chose vient à moi comme un train dans un
tunnel »

"무언가가 터널 속의 기차처럼 내게 다가온다"

« Et je vole comme une fusée ! »

"그리고 나는 하늘 로켓처럼 날아 오른다!"

Il y eut une minute ou deux de silence

잠시 침묵이 흘렀다

puis ils ont recommencé à se déplacer

그러고 나서 그들은 다시 움직이기 시작했다

et Alice entendit de nouveau le Lapin parler

앨리스는 토끼가 다시 말하는 것을 들었습니다

« Une brouette fera l'affaire, pour commencer »

"처음에는 무덤이 이루어지는 뜻이니라"

« Une brouette pleine de quoi ? » pensa Alice

"뭘 참을 수 있을까?" 앨리스는 생각했다

Mais elle ne fut pas tenue en suspens longtemps

그러나 그녀는 오랫동안 불안에 떨지 않았다

Une pluie de petits cailloux est passée par la fenêtre

창문을 통해 작은 조약돌이 소나기처럼 쏟아져 들어왔다

et quelques petits cailloux l'ont frappée au visage
그리고 작은 조약돌 몇 개가 그녀의 얼굴을
강타했습니다
Alice fut surprise par les petits cailloux
앨리스는 그 작은 조약돌들을 보고 깜짝 놀랐어요
Tous les petits cailloux se transformaient en gâteaux
작은 조약돌들이 모두 케이크로 변하고 있었어요
et une idée lumineuse lui vint à l'esprit
그리고 기발한 아이디어가 그녀의 머릿속에
떠올랐습니다
« Je devrais manger un de ces gâteaux »
"이 케이크 중 하나를 먹어야 해"
« Le gâteau ne manquera pas de faire changer ma taille »
"케이크는 내 크기에 약간의 변화를 줄 것입니다."
Alors elle a avalé l'un des gâteaux
그래서 그녀는 케이크 하나를 삼켰습니다
et elle fut ravie de constater qu'elle commençait à rétrécir
그리고 그녀는 자신이 줄어들기 시작했다는 것을 알고
기뻐했습니다
Bientôt, elle fut assez petite pour franchir la porte
얼마 지나지 않아 그녀는 문을 통과할 수 있을 만큼
작아졌다
Elle s'est enfuie de la maison
그녀는 집을 뛰쳐나갔다
Une foule de petits animaux et d'oiseaux attendaient dehors
작은 동물과 새들의 무리가 밖에서 기다리고 있었습니다
tous les petits oiseaux et les petits animaux se précipitèrent
sur Alice
모든 작은 새와 동물들이 앨리스에게 달려들었어요
Mais elle s'enfuit aussi vite qu'elle le put
하지만 그녀는 할 수 있는 한 빨리 달아났다
et bientôt elle se trouva en sécurité dans un bois épais
그리고 얼마 지나지 않아 그녀는 울창한 숲 속에서
안전한 자신을 발견했다
Alice errait dans les bois
앨리스는 숲 속을 돌아다녔다

Et elle pensa en elle-même :

그녀는 속으로 생각했다.

« Je sais ce que je dois faire en premier »

"나는 내가 먼저 해야 할 일을 알고 있다"

« Je dois d'abord grandir à ma bonne taille »

"먼저 다시 적당한 크기로 자라야 해"

« et puis je dois trouver mon chemin dans ce joli jardin »

"그리고 나서 나는 그 아름다운 정원으로 들어가는 길을 찾아야 해"

« Je suppose que je devrais manger ou boire quelque chose ou autre »

"나는 무언가 또는 다른 것을 먹거나 마셔야 할 것 같아"

« Mais la question est de savoir ce que je dois manger ou boire ? »

"하지만 문제는 무엇을 먹고 마셔야 하느냐는 것입니다."

Alice regarda tout autour d'elle les fleurs

앨리스는 주위를 둘러보며 꽃을 바라보았어요

et elle regarda à travers les brins d'herbe

그녀는 풀잎 사이로 들여다보았다

mais elle ne voyait rien à manger ni à boire

그러나 먹을 것이나 마실 것을 볼 수 없었다

Rien ne semblait être la bonne chose à manger ou à boire

먹거나 마시는 것이 옳은 것 같지 않았습니다

Il y avait un gros champignon qui poussait près d'elle

그녀 근처에는 커다란 버섯이 자라고 있었다

le champignon était à peu près de la même taille qu'Alice

버섯의 키는 앨리스와 거의 같았다

Elle s'étira sur la pointe des pieds

그녀는 발끝으로 몸을 쭉 뻗었다

Et elle jeta un coup d'œil par-dessus le bord du champignon

그리고 그녀는 버섯의 가장자리를 엿보았다

Ses yeux rencontrèrent immédiatement les yeux d'une grande chenille bleue

그녀의 눈은 즉시 커다란 푸른 애벌레의 눈과 마주쳤다

La chenille était assise sur le sommet du champignon

애벌레는 버섯 위에 앉아 있었다

et la chenille avait croisé tous ses bras
그리고 애벌레는 그의 팔짱을 끼고 있었다
et il fumait tranquillement un long narguilé
그리고 그는 조용히 긴 물담배를 피우고 있었다
et il ne faisait pas la moindre attention à rien
그는 조금도 주의를 기울이지 않았다
et il n'a certainement pas fait attention à Alice
그리고 그는 확실히 앨리스에게 주의를 기울이지
않았습니다

Les conseils d'une chenille
애벌레의 조언

Finalement, la chenille a retiré le narguilé de sa bouche
마침내 애벌레는 입에서 물 담뱃대를 뺐습니다
et il s'adressa à Alice d'une voix languissante et endormie
그는 나른하고 나른한 목소리로 앨리스에게 말했다
« Qui es-tu ? » demanda la chenille
"넌 누구냐?" 애벌레가 말했다

Alice a répondu, plutôt timidement : « Je sais à peine, monsieur. »
앨리스는 다소 수줍은 어조로 대답했다.
« Juste pour le moment, c'est un peu... »
"지금 당장은 모든 것이 조금..."
« Je sais qui j'étais quand je me suis levé ce matin" »
"오늘 아침에 일어났을 때 내가 누군지 알아요."
« mais je pense que j'ai dû changer plusieurs fois depuis »
"하지만 그 이후로 여러 번 변한 것 같아요."
« Qu'est-ce que tu veux dire par là ? » dit la chenille
"그게 무슨 뜻이야?" 애벌레가 말했다
sévèrement, la chenille lui demanda de s'expliquer

애벌레는 엄하게 그녀에게 자신을 설명해 달라고
요청했다
— Je ne peux pas m'expliquer, j'en ai peur, monsieur, dit
Alice
"제 자신을 설명할 수 없어요, 무서워요, 선생님,"
앨리스가 말했다
« parce que je ne suis pas moi-même »
"나는 나 자신이 아니기 때문에"
« Vous voyez, être de tant de tailles différentes en une
journée, c'est très déroutant »
"보시다시피, 하루에 너무 다양한 크기가 있다는 것은
매우 혼란스럽습니다."
Elle se redressa et dit très gravement :
그녀는 몸을 일으켜 세우고 매우 진지하게 말했다.
« Je pense que tu devrais me dire qui tu es, en premier »
"먼저 당신이 누구인지 말해줘야 할 것 같아요"
« Pourquoi ? » demanda la chenille
"왜요?" 애벌레가 말했다
Alice ne voyait aucune bonne raison
앨리스는 타당한 이유를 떠올릴 수 없었다
et la chenille semblait être dans un état d'esprit très
désagréable
그리고 애벌레는 매우 불쾌한 정신 상태에 있는 것
같았다
alors elle s'en retourna
그래서 그녀는 돌아섰다
« Reviens ! » la chenille l'appela
"돌아와!" 애벌레가 그녀를 불렀다
« J'ai quelque chose d'important à dire ! »
"중요한 할 말이 있어!"
Alice se retourna et revint
앨리스는 돌아서서 다시 돌아왔다
« Garde ton sang-froid », dit la chenille
"정신 차려." 애벌레가 말했다
— C'est tout ? dit Alice
"그게 다야?" 앨리스가 말했다

Et elle ravala sa colère de son mieux
그리고 그녀는 할 수 있는 한 분노를 삼켰다
« Non, » dit la chenille
"아뇨." 애벌레가 말했다
La chenille déplia ses bras
애벌레가 팔을 펼쳤다
Et il retira le narguilé de sa bouche
그리고 그는 다시 입에서 물 담뱃대를 뺐다
et il a dit : « Vous pensez donc que vous avez changé, n'est-ce pas ? »
"그래서 당신은 당신이 변했다고 생각하십니까, 그렇죠?"
— J'ai peur, je suis changée, monsieur, dit Alice
"무서워요, 제가 변했어요, 선생님." 앨리스가 말했다
« Je ne me souviens plus des choses comme je m'en souvenais »
"예전처럼 기억할 수 없어요"
« et je ne reste pas plus de dix minutes de la même taille ! »
"그리고 나는 10분 이상 같은 크기를 유지하지 않아요!"
« Quelle taille veux-tu faire ? » demanda la chenille
"어떤 크기가 되고 싶니?" 애벌레가 물었다
— Oh, ma taille ne me dérange pas particulièrement, répondit vivement Alice
"아, 제 체격이 어떻든 상관없어요." 앨리스가 황급히 대답했다
« Je n'aime pas changer de taille si souvent, vous savez »
"나는 너무 자주 크기를 바꾸는 것을 좋아하지 않아, 알잖아."
« J'aimerais être un peu plus grand, monsieur »
"좀 더 커지고 싶습니다, 선생님"
— Si cela ne vous dérange pas, ajouta Alice
"괜찮으시다면," 앨리스가 덧붙였다
« Dix centimètres, c'est une taille si misérable »
"10cm는 정말 비참한 높이입니다."
« C'est une très bonne hauteur en effet ! » dit la chenille avec colère

"정말 좋은 높이네요!" 애벌레가 화를 내며 말했다
et il se redressa tout en parlant
그는 말하면서 몸을 일으켜 세웠다
Il mesurait exactement dix centimètres de haut
그의 키는 정확히 10센티미터였다
Au bout d'une minute ou deux, la chenille s'est détachée du champignon
1-2분 후, 애벌레는 버섯에서 내려왔다
et il s'enfonça en rampant dans l'herbe
그리고 그는 풀밭으로 기어 들어갔다
En s'éloignant, il fit quelques petites remarques
그는 떠나면서 몇 가지 간단한 말을 했다
« Un côté vous fera grandir »
"한쪽은 당신을 더 키울 것입니다"
« Et l'autre côté te fera rapetisser »
"그리고 다른 쪽은 당신을 더 작게 만들 것입니다"
« Un côté de quoi ? » pensa Alice en elle-même
"한쪽은 무엇이?" 앨리스는 혼잣말로 생각했다
« L'autre côté de quoi ? »
"무엇의 반대편이?"
« Le côté du champignon », dit la chenille
"버섯의 옆면이요." 애벌레가 말했다
C'était comme si elle avait posé sa question à haute voix
마치 큰 소리로 질문하는 것 같았다
et un instant plus tard, il fut hors de vue
그리고 또 다른 순간, 그는 시야에서 사라졌다
Alice resta pensivement à regarder le champignon
앨리스는 버섯을 찬찬히 바라보았다
Elle essayait de distinguer quels étaient les deux côtés du champignon
그녀는 버섯의 양면이 어느 것인지 알아내려고 애쓰고 있었다
Enfin, elle étendit ses bras autour du champignon
마침내 그녀는 버섯을 두 팔로 감싸 안았다
Et elle cassa un peu les bords
그리고 그녀는 가장자리를 약간 부러뜨렸습니다

« Et maintenant, de quel côté est-ce ? » se dit-elle
"그럼 이제, 어느 쪽이 어느 쪽인가?" 그녀는 혼잣말을
했다

et elle grignota un peu du mors de la main droite
그리고 그녀는 오른손 부분을 조금 깨물었다

L'instant d'après, elle sentit un violent coup sous son
menton
다음 순간 그녀는 턱 아래에서 격렬한 타격을 느꼈다

Son menton avait heurté son pied !
그녀의 턱이 그녀의 발에 부딪혔던 것이다!

Elle fut bien effrayée par ce changement très soudain
그녀는 이 갑작스런 변화에 상당히 겁을 먹었다

Elle rétrécissait très rapidement
그녀는 매우 빠르게 줄어들고 있었다

Alors elle a rapidement mangé un peu de l'autre morceau de
champignon
그래서 그녀는 재빨리 다른 버섯 조각을 먹었습니다

Son menton était très serré contre son pied
그녀의 턱은 그녀의 발에 매우 바짝 눌려 있었다

Il y avait à peine de la place pour ouvrir la bouche
입을 열 틈이 거의 없었다

mais elle parvint enfin à ouvrir la bouche
그러나 그녀는 마침내 입을 열 수 있었다

et elle avala un morceau du mors de la main gauche
그리고 그녀는 왼손 한 입 삼켰다

« Ma tête a enfin été libérée ! » dit Alice
"드디어 머리가 풀렸어!" 앨리스가 말했다

Elle baissa les yeux sur elle-même
그녀는 자신을 내려다보았다

mais tout ce qu'elle pouvait voir, c'était une immense
longueur de cou
하지만 그녀가 볼 수 있는 것은 어마어마한 길이의
목뿐이었다

Son cou semblait se dresser comme une tige
그녀의 목이 줄기처럼 솟아오르는 것 같았다

et elle baissa les yeux sur une mer de feuilles vertes

그리고 그녀는 푸른 나뭇잎의 바다를 내려다보았다
« Où sont passées mes épaules ? »
"내 어깨는 어디로 간 거지?"
« Et oh, mes pauvres mains, comment se fait-il que je ne puisse pas vous voir ? »
"그리고 오, 나의 불쌍한 손아, 어째서 나는 너를 볼 수 없는 거지?"
Mais son cou avait un avantage
하지만 그녀의 목에는 한 가지 장점이 있었다
Elle pouvait bouger la tête dans n'importe quelle direction
그녀는 머리를 어느 방향으로든 움직일 수 있었다
En fait, elle était comme un serpent
사실, 그녀는 마치 뱀과 같았습니다
Elle zigzague gracieusement, la tête baissée
그녀는 우아하게 고개를 지그재그로 숙였다
et elle remua la tête à travers les arbres
그리고 그녀는 나무 사이로 머리를 움직였다
Mais elle entendit alors un sifflement aigu
하지만 그때 날카로운 쉭쉭거리는 소리가 들렸다
Et elle tira rapidement la tête en arrière
그리고 그녀는 재빨리 고개를 뒤로 젖혔다
Un gros pigeon lui avait volé au visage
커다란 비둘기 한 마리가 그녀의 얼굴로 날아들었다
et le pigeon était violemment avec ses ailes
비둘기는 날개를 사납게 펴고 있었다

« Serpent ! » cria le pigeon

"뱀!" 비둘기가 소리쳤다

« Je ne suis pas un serpent ! » dit Alice avec indignation

"난 뱀이 아니야!" 앨리스가 분개하며 말했다

« Laisse-moi tranquille ! »

"날 내버려 둬!"

« J'ai essayé les racines des arbres »

"나는 나무의 뿌리를 시험해 보았다"

— Et j'ai essayé des haies, continua le pigeon

"그리고 나는 헤지를 사용해 봤어." 비둘기가 말을 이었다

« Mais ces serpents ! Il n'y a pas moyen de leur plaire !

"하지만 그 뱀들! 그들을 기쁘게 할 수 있는 것은 아무것도 없습니다!"

Alice était de plus en plus perplexe

앨리스는 점점 더 어리둥절해졌다

« Comme si ce n'était pas assez compliqué de faire éclore les œufs », a déclaré le pigeon

"알을 부화시키는 것만으로도 문제가 되지 않는 것처럼." 비둘기가 말했다

« Nuit et jour, je dois aussi faire attention aux serpents ! »
"나도 밤이나 낮이나 뱀을 조심해야 해!"

« Je venais de trouver l'arbre le plus haut de la forêt »
"나는 방금 숲에서 가장 높은 나무를 발견했다"

« Je serais sûrement libre des serpents ici ? »
"여기서 뱀으로부터 자유로울 수 있을까?"

« Et un serpent sort du ciel ! »
"그리고 하늘에서 뱀이 나온다!"

« Mais je ne suis pas un serpent, je vous le dis ! » dit Alice
"하지만 난 뱀이 아니야, 분명히 말해!" 앨리스가 말했다

"Je suis un... Je suis un... Je suis une petite fille, ajouta-t-elle
d'un air un peu dubitatif
"나는... 나는... 나는 어린 소녀다"라고 다소 의심스럽게
덧붙였다

Après tout, elle avait traversé beaucoup de changements
어쨌든 그녀는 많은 변화를 겪고 있었다

« Tu cherches des œufs », dit le pigeon
"넌 알을 찾고 있구나." 비둘기가 말했다

« Je le sais pertinemment »
"나는 그것을 사실로 알고 있습니다"

« Et qu'importe que vous soyez une petite fille ou un serpent
? »
"그리고 당신이 어린 소녀이든 뱀이든 무슨 상관이야?"

— Cela m'importe beaucoup, dit Alice à la hâte
"나한테는 꽤 중요한 일이야." 앨리스가 황급히 말했다

« mais je ne cherche pas d'œufs, en l'occurrence »
"하지만 나는 달걀을 찾고 있지 않습니다."

« et je ne voudrais pas de tes œufs de toute façon »
"그리고 어쨌든 나는 당신의 달걀을 원하지 않을
것입니다"

« Je n'aime pas mes œufs crus »
"나는 내 달걀을 좋아하지 않는다"

« Eh bien, allez-vous-en ! » dit le pigeon d'un ton boudeur
"그럼, 꺼져!" 비둘기가 시무룩한 어조로 말했다

et le pigeon se posa de nouveau dans son nid
그러자 비둘기는 다시 둥지에 자리를 잡았다

Alice s'accroupit parmi les arbres du mieux qu'elle put
앨리스는 할 수 있는 한 나무 사이에 웅크리고 앉았다
Son cou ne cessait de s'emmêler parmi les branches
그녀의 목은 자꾸 나뭇가지에 얽혔다
De temps en temps, elle devait s'arrêter et se tordre le cou
이따금 그녀는 멈춰 서서 목을 풀어야 했다
Au bout d'un moment, elle se souvint du champignon
잠시 후 그녀는 그 버섯을 기억해냈다
Elle tenait toujours les morceaux de champignon dans ses mains
그녀는 여전히 버섯 조각을 손에 들고 있었다
et elle se mit à l'œuvre avec beaucoup de soin
그리고 그녀는 매우 신중하게 작업에 착수했습니다
D'abord, elle a grignoté un morceau
먼저 그녀는 한 조각을 갉아먹었다
puis elle grignota l'autre morceau
그러고는 다른 조각을 갉아먹었다
Parfois, elle grandissait
때로는 키가 커지기도 했다
et parfois elle devenait plus petite
그리고 때때로 그녀는 키가 작아졌습니다
Mais finalement, elle a atteint sa taille habituelle
그러나 마침내 그녀는 평소의 키를 얻었습니다
Elle n'avait pas été de sa taille depuis un certain temps
그녀는 한동안 자신의 키가 아니었다
Tout m'a semblé étrange pendant un moment
그래서 한동안 모든 것이 이상하게 느껴졌습니다
« La prochaine chose à faire est d'entrer dans ce beau jardin »
"다음으로 할 일은 그 아름다운 정원에 들어가는 것입니다."
« Comment cela se fera-t-il, je me demande ? »
"어떻게 해야 할까?"
En disant cela, elle tomba sur un endroit ouvert
그녀가 이렇게 말했을 때, 그녀는 탁 트인 장소에 이르렀다

Il y avait une petite maison, un peu plus haute qu'un mètre
1미터가 조금 넘는 작은 집이 있었다
« Je me demande qui habite cette petite maison »
"이 작은 집에 누가 살고 있는지 궁금합니다"
« Je ne peux certainement pas y aller aussi grand que je le suis »
"나는 확실히 나만큼 크게 들어갈 수 없다"
« Je les effrayerais terriblement ! »
"나는 그들을 끔찍하게 놀라게 할 것이다!"
alors elle grignota à nouveau le petit champignon
그래서 그녀는 다시 그 작은 버섯을 갉아먹었다
et bientôt elle s'abaissa de trente centimètres
그리고 곧 그녀는 30센티미터 아래로 내려왔다

Un cochon et du poivre
돼지 한 마리와 후추 몇 개

Pendant une minute ou deux, elle resta à regarder la maison
잠시 동안 그녀는 서서 집을 바라보았다

Soudain, un valet de pied sortit en courant des bois
갑자기 보행자 한 명이 숲에서 뛰쳐나왔다

Il portait un uniforme de livrée spécial
그는 특별한 상징 제복을 입고 있었다

à en juger par son seul visage, elle l'aurait traité de poisson
그의 얼굴만 보고 그녀는 그를 물고기라고 불렀을 것이다

et il frappa bruyamment à la porte avec ses jointures
그리고 그는 주먹으로 문을 큰 소리로 두드렸다

La porte fut ouverte par un autre valet de pied
다른 보행자가 문을 열었다

Ce valet de pied portait également une livrée spéciale
이 보행자 역시 특별한 상징 옷을 입고 있었다

Ce valet de pied avait un visage rond et de grands yeux comme une grenouille
이 보행자는 둥근 얼굴에 개구리처럼 큰 눈을 가지고 있었습니다

C'est le valet de pied qui ressemblait à un poisson qui a
initié la cérémonie
물고기처럼 생긴 보행자가 의식을 시작했다
Il sortit quelque chose de sous son bras
그는 팔 아래에서 무언가를 꺼냈다
et il tira de dessous son bras une enveloppe
그리고 그는 팔 밑에서 봉투를 꺼냈다
et cette enveloppe, il la remit à l'autre valet de pied
그리고 이 봉투를 다른 보행자에게 건네주었다
D'un ton cérémoniel, il lui donna les ordres
그는 의례적인 어조로 명령을 내렸다
« Ce message s'adresse à la duchesse »
"이 메시지는 공작 부인을 위한 것입니다."
« Une invitation de la reine à jouer au croquet »
"크로켓을 연주하라는 여왕의 초대"
Le valet de pied qui ressemblait à une grenouille répéta
l'ordre
개구리처럼 생긴 보행자가 명령을 반복했다
« De la reine »
"여왕으로부터"
« Une invitation »
"초대장"
« pour la duchesse »
"공작 부인을 위해"
« Jouer au croquet »
"크로켓 놀이"
Puis ils s'inclinèrent tous les deux
그러고는 둘 다 허리를 굽혔나
et les boucles de leurs perruques s'emmêlèrent
그리고 그들의 가발의 곱슬머리가 서로 얽혔다
Bientôt, le valet de pied qui ressemblait à un poisson a
disparu
얼마 지나지 않아 물고기처럼 보였던 보행자는 사라졌다
Mais le valet de pied qui ressemblait à une grenouille était
toujours là
그러나 개구리처럼 보이는 보행자는 여전히 거기에

있었다

Il était assis par terre près de la porte
그는 문 근처의 땅바닥에 앉아 있었다

Il regardait bêtement le ciel
그는 멍청하게 하늘을 올려다보고 있었다

Alice s'approcha timidement de la porte et frappa
앨리스는 겁에 질려 문으로 다가가 문을 두드렸어요

— Il ne sert à rien de frapper, dit le valet de pied
"문을 두드려봐야 소용없어." 보행자가 말했다

« Et ce, pour deux raisons »
"그리고 그것은 두 가지 이유 때문입니다"

« D'abord, parce que je suis du même côté de la porte que toi »
"첫째, 나도 너와 같은 쪽에 있으니까"

« Deuxièmement, parce qu'ils font tellement de bruit à l'intérieur »
"둘째, 그들이 내부에서 너무 많은 소음을 내고 있기 때문에"

« Personne ne pouvait vous entendre »
"아무도 너의 말을 들을 수 없을 거야"

Et il y avait certainement un bruit des plus extraordinaires à l'intérieur
그리고 그 안에서는 분명 이상한 소음이 들려오고 있었다

des hurlements et des éternuements constants
끊임없는 울부짖음과 재채기

et de temps en temps un bruit de grand fracas
그리고 이따금 큰 충돌 소리가 들립니다

comme si un plat ou une bouilloire avait été brisé en morceaux
마치 접시나 주전자가 산산조각이 난 것처럼

« Comment vais-je entrer ? » demanda Alice
"어떻게 들어가야 돼?" 앨리스가 물었다

— Faut-il que tu entres ? dit le valet de pied
"꼭 들어가야 하나?" 하인이 말했다

« C'est la première question, vous savez »

"그게 첫 번째 질문이야, 알잖아."

Alice ouvrit la porte et entra

앨리스는 문을 열고 안으로 들어갔다

La porte menait directement à une grande cuisine

문은 바로 큰 부엌으로 이어졌습니다

La cuisine était pleine de fumée d'un bout à l'autre

부엌은 한쪽 끝에서 다른 쪽 끝까지 연기로 가득 찼습니다

au milieu de la cuisine se trouvait la duchesse

부엌 한가운데에는 공작 부인이있었습니다

Elle était assise sur un tabouret à trois pieds

그녀는 다리가 세 개 달린 의자에 앉아 있었다

et elle allaitait un bébé

그리고 그녀는 아기에게 젖을 먹이고 있었다

Le cuisinier était penché au-dessus du feu

요리사는 불 위에 몸을 기대고 있었다

Il remuait un grand chaudron

그는 커다란 가마솥을 젓고 있었다

et le chaudron semblait être plein de soupe

그리고 가마솥은 수프로 가득 찬 것 같았습니다

« Il y a certainement trop de poivre dans cette soupe ! » Alice se dit

"저 수프에 후추가 너무 많이 들어있는 게 확실해!" 앨리스는 혼잣말로 말했다

Elle l'a dit du mieux qu'elle a pu sans éternuer

그녀는 재채기를 하지 않고 할 수 있는 한 최선을 다해 말했다

Même la duchesse éternuait de temps en temps

공작 부인조차도 가끔 재채기를 했다

Mais les actions du bébé étaient les plus remarquables

그러나 아기의 행동이 가장 주목할 만했다

Le bébé éternuait et hurlait alternativement

아기는 재채기와 울부짖음을 번갈아 가며 울고 있었다

Il n'y avait pas un instant de pause entre les hurlements et les éternuements

울부짖는 소리와 재채기 사이에는 잠시도 멈춤이 없었다

Il y avait deux créatures dans la cuisine qui n'éternuaient
pas
부엌에는 재채기를 하지 않는 두 마리의 생물이
있었습니다
Le cuisinier était trop occupé pour éternuer
요리사는 너무 바빠서 재채기를 할 수 없었습니다
et le gros chat ne semblait pas se soucier du poivre
그리고 큰 고양이는 고추를 신경 쓰지 않는 것
같았습니다
Au lieu de cela, le gros chat souriait d'une oreille à l'autre
대신, 그 큰 고양이는 귀를 쫑긋 세우고 웃고 있었다
— Pourriez-vous me le dire, s'il vous plaît, dit Alice un peu
timidement
"제발 말해 줄 수 있나," 앨리스가 약간 소심하게 말했다
« Pourquoi ton chat sourit-il comme ça ? »
"고양이는 왜 그렇게 웃는 거야?"
« C'est un Cheshire-Cat, » dit la duchesse
"이건 체셔 고양이야." 공작부인이 말했다
« Et c'est pourquoi il sourit d'une oreille à l'autre »
"그래서 그는 귀를 쫑긋 세우고 웃고 있는 거야"
« Je ne savais pas qu'un Cheshire-Cat souriait toujours »
"체셔 고양이가 항상 웃는 줄 몰랐어요"
« En fait, je ne savais pas que les chats pouvaient sourire », a
déclaré Alice
"사실, 나는 고양이가 웃을 수 있다는 것을 몰랐다"고
앨리스는 말했다
— Il y a beaucoup de choses que vous ne savez pas, dit la
duchesse
"당신이 모르는 것이 많습니다." 공작 부인이 말했다
« Il y a beaucoup de choses que vous ne savez pas et c'est un
fait »
"당신이 모르는 것이 많고 그것은 사실입니다"
Juste à ce moment-là, le cuisinier retira le chaudron de soupe
du feu
바로 그때 요리사가 수프 가마솥을 불에서 꺼냈습니다
et aussitôt, elle commença à jeter tout ce qui était à sa portée

그리고 즉시 그녀는 손이 닿는 곳에 있는 모든 것을
던지기 시작했다

elle jeta tout ce qu'elle put sur la duchesse et le bébé
그녀는 공작 부인과 아기에게 할 수 있는 모든 것을
던졌습니다

D'abord, elle jeta les fers à feu
먼저 그녀는 파이어 아이언을 던졌다

Puis elle a jeté une poignée de casseroles
그러고는 냄비를 한 움큼 던졌다

et enfin elle jeta les assiettes et les plats
그리고 마침내 그녀는 접시와 접시를 던졌다

La duchesse ne fit pas attention à elle
공작 부인은 그녀를 눈치채지 못했다

**Même lorsqu'elle a été frappée par une assiette, elle ne s'est
pas inquiétée**
접시에 부딪혔을 때도 그녀는 걱정하지 않았다

Le bébé hurlait déjà tellement
아기는 벌써 너무 울부짖고 있었다

**Il était donc impossible de dire si les coups blessaient le
bébé ou non**
따라서 구타가 아기에게 상처를 입혔는지 아닌지 알 수
없었다

**« Oh, je vous en prie, faites attention à ce que vous faites ! »
s'écria Alice**
"오, 제발 너 하는 거 신경 써!" 앨리스가 소리쳤다

et elle sautait de haut en bas dans une agonie de terreur
그리고 그녀는 공포에 질려 펄쩍펄쩍 뛰었다

la duchesse offrit le bébé à Alice
공작 부인은 앨리스에게 아기를 바쳤다

« Ici ! Tu peux allaiter un peu le bébé, si tu veux !
"여기! 원하신다면 아기에게 젖을 조금 먹이셔도
됩니다!"

et elle lui lança l'enfant tout en parlant
그리고 그녀는 말하면서 아기를 그녀에게 던졌습니다

« Je dois aller me préparer à jouer au croquet avec la reine »
"여왕님과 크로켓 놀이를 하러 가야겠어요"

et elle se hâta de sortir de la chambre
그리고 그녀는 서둘러 방을 나갔다
Alice attrapa le bébé avec quelque difficulté
앨리스는 어렵게 아기를 잡았다
parce que c'était une petite créature de forme très étrange
그것은 매우 이상한 모양의 작은 생물이었기 때문입니다
et l'enfant tendit les bras et les jambes dans toutes les directions
아기는 팔과 다리를 사방으로 뻗었다
« Je ferais mieux d'emmener cet enfant avec moi », pensa Alice
"이 아이를 데리고 가는 게 좋겠어." 앨리스는 생각했다
« Ils sont sûrs de tuer ce bébé dans un jour ou deux »
"그들은 하루나 이틀 안에 이 아기를 죽일 것이 확실합니다."
« Ne serait-ce pas un meurtre de laisser ce bébé derrière soi ? »
"이 아기를 두고 가는 것은 살인이 아닐까요?"
Elle prononça les derniers mots à haute voix
그녀는 마지막 말을 큰 소리로 했다
Et la petite créature grogna en réponse
그러자 그 작은 것이 꿍꿍거리며 대답했다
« Tu ferais mieux de ne pas te transformer en cochon, ma chère, » dit Alice
"돼지로 변하지 않는 게 좋겠어, 얘야." 앨리스가 말했다
« ou alors je n'aurai plus rien à faire avec toi »
"그렇지 않으면 나는 너와 더 이상 아무 상관이 없을 거야"
Alice commençait à peine à penser en elle-même :
앨리스는 이제 막 속으로 생각하기 시작했다.
« Maintenant, que vais-je faire de cette créature, quand je la ramène à la maison ? »
"이제, 이 생물을 집으로 데려오면 나는 어떻게 해야 할까?"
Mais alors la petite créature grogna un peu violemment
하지만 이내 그 작은 생물은 약간 격렬하게 꿍꿍거렸다

et Alice baissa les yeux sur son visage avec une certaine inquiétude
앨리스는 깜짝 놀라 놈의 얼굴을 내려다보았다
Cette fois, il ne pouvait y avoir d'erreur à ce sujet
이번에는 그것에 대해 실수가있을 수 없습니다
Ce n'était ni plus ni moins qu'un cochon
그것은 돼지 그 이상도 이하도 아니었다
alors elle déposa la petite créature
그래서 그녀는 그 작은 생물을 내려놓았다
et la petite créature s'éloigna tranquillement dans le bois
그리고 그 작은 생물은 조용히 숲 속으로 걸어 들어갔다
Alice se sentit tout à fait soulagée de voir la créature partir
앨리스는 그 생물이 사라지는 것을 보고 꽤 안도감을 느꼈다
Alice fut un peu surprise en voyant le Chat-Cheshire
앨리스는 체셔 고양이를 보고 조금 놀랐습니다
Il était assis sur une branche d'arbre à quelques mètres de là
그것은 몇 야드 떨어진 나뭇가지에 앉아 있었다
Le chat ne sourit que lorsqu'il la vit
고양이는 그녀를 보자마자 씩 웃기만 했다
« Chat du Cheshire », commença Alice un peu timidement
"체셔 고양이," 앨리스가 다소 소심하게 말했다
« Pourriez-vous s'il vous plaît me dire dans quelle direction je dois aller à partir d'ici ? »
"제가 여기서 어느 방향으로 가야 하는지 말씀해 주시겠습니까?"
« Dans cette direction », dit le chat
"그쪽으로." 고양이가 말했다
et il agita la patte droite
그리고 그것은 오른쪽 앞발을 이리저리 흔들었다
« C'est dans cette direction que vit un fabricant de chapeaux »
"그 방향에는 모자를 만드는 사람이 살고 있습니다"
puis le chat agita son autre patte
그러고는 고양이가 다른 쪽 발을 흔들었다
« Et dans cette direction vit un lièvre de marche »

"그리고 그 방향에는 행진하는 토끼가 살고 있습니다"
« Visitez l'un ou l'autre de vos goûts ; Ils sont tous les deux fous"
"당신이 좋아하는 것을 방문하십시오. 둘 다 미쳤어"
— Mais je ne veux pas aller parmi des fous, remarqua Alice
"하지만 미친 사람들 틈에 끼고 싶지는 않아요."
앨리스가 말했다
« Oh, tu ne peux pas t'en empêcher, » dit le Chat
"아, 그건 어쩔 수 없잖아." 고양이가 말했다
« Nous sommes tous fous ici »
"우린 여기서 모두 화가 났어"
« Tu joues au croquet avec la reine aujourd'hui ? »
"오늘도 여왕님과 크로켓 하고 계신가요?"
— J'aimerais beaucoup, dit Alice
"정말 하고 싶어요." 앨리스가 말했다
« mais je n'ai pas encore été invité »
"하지만 아직 초대받지 못했습니다."
« Tu me verras là-bas », dit le Chat
"거기서 날 볼 수 있을 거야." 고양이가 말했다
et d'un instant à l'autre le chat disparaissait
그리고 어느 순간 고양이는 사라졌다
bientôt Alice arriva en vue de la maison du lièvre de marche
이윽고 앨리스는 행진하는 토끼의 집을 보게 되었다
C'était une très grande maison
이 집은 매우 큰 집이었습니다
alors Alice ne voulait pas s'approcher de la maison
그래서 앨리스는 집 근처에 가고 싶지 않았습니다
D'abord, elle a dû grignoter un peu plus du morceau de champignon du côté gauche
먼저 그녀는 버섯의 왼쪽 조각을 더 깨갉아야 했습니다

Un thé fou
미친 티 파티

Devant la maison, il y avait un arbre
집 앞에는 나무가 있었습니다
et sous l'arbre, il y avait une table
그리고 나무 아래에는 탁자가 있었다
et la table était dressée avec toutes sortes de couverts
그리고 식탁에는 온갖 종류의 수저가 놓여 있었다
Le lièvre de mars et le chapelier étaient à table
3월 토끼와 모자 제작자가 식탁에 있었다
et ensemble ils prenaient le thé
그리고 그들은 함께 차를 마시고 있었다
Un loir était assis entre eux
잠쥐 한 마리가 그들 사이에 앉아 있었다
et le loir dormait profondément
잠쥐는 깊이 잠들어 있었다
La table était d'une taille extraordinaire
테이블은 특별한 크기였습니다
mais la majeure partie de la table était inoccupée
그러나 대부분의 테이블은 비어 있었습니다
**Ils étaient assis serrés les uns contre les autres dans un coin
de la table**
그들은 탁자 한쪽 구석에 옹기종기 모여 앉아 있었다
et pourtant ils s'excusaient quand ils voyaient Alice
그러나 그들은 앨리스를 보고는 변명을 늘어놓았다
« Pas de place ! Pas de place ! » crièrent-ils
"방이 없어요! 방이 없어요!" 하고 그들은 소리쳤습니다
« Il y a beaucoup de place ! » dit Alice avec indignation
"자리는 충분해!" 앨리스가 분개하며 말했다
**À l'une des extrémités de la table, il y avait un grand
fauteuil**
탁자 한쪽 끝에는 커다란 안락의자가 놓여 있었다
et Alice s'assit dans le fauteuil
앨리스는 안락의자에 앉았다
Le chapelier ouvrit de grands yeux
모자 제작자는 눈을 크게 떴다

Il n'arrivait pas à croire ce qu'il voyait
그는 자신이 보고 있는 것을 믿을 수 없었다
Mais son esprit était curieux d'autres choses
하지만 그의 마음은 다른 것들에 대해 궁금했다
« Pourquoi un corbeau est-il comme un bureau ? »
"까마귀는 왜 책상 같을까?"
Alice était prête à relever le défi
앨리스는 도전에 열려 있었습니다
« Je suis content qu'ils aient commencé à poser des énigmes »
"그들이 수수께끼를 풀기 시작해서 기쁩니다."
— Je crois que je peux le deviner, ajouta-t-elle à haute voix
"그건 제가 추측할 수 있을 것 같아요." 그녀가 큰 소리로 덧붙였다
Le lièvre de mars s'est curieux de connaître Alice
행진하는 토끼는 앨리스에 대해 점점 더 궁금해졌다
« Pensez-vous vraiment que vous pouvez trouver la réponse ? »
"정말 답을 찾을 수 있다고 생각하십니까?"
— Je crois que je peux trouver la réponse, en effet, dit Alice
"정말 답을 찾을 수 있을 것 같아." 앨리스가 말했다
« Alors, tu devrais dire ce que tu veux dire », continua le lièvre de marche
"그럼 무슨 뜻인지 말해야 해." 행진하는 토끼가 말을 이었다
— Je dis ce que je pense, répondit vivement Alice
"무슨 말인지 말이야." 앨리스가 황급히 대답했다
« à tout le moins, je pense ce que je dis »
"적어도 나는 내가 말하는 것을 진심으로"
« C'est la même chose, vous savez »
"그건 똑같잖아, 알잖아"
Le loir a également contribué à la conversation
잠쥐도 대화에 기여했습니다
mais le loir semblait parler dans son sommeil
그러나 잠쥐는 잠결에 말을 하고 있는 것 같았다
« Je respire quand je dors »

"나는 잘 때 숨을 쉰다"

« Je dors quand je respire ! »

"나는 숨을 쉴 때 잠을 잔다!"

« Autant dire qu'ils sont les mêmes aussi »

"당신도 똑같다고 말할 수 있습니다."

« C'est la même chose pour toi », dit le chapelier

"너도 마찬가지야." 모자 제작자가 말했다

Et il versa un peu de thé sur le nez du loir

그리고 그는 잠쥐의 코에 차를 조금 부었다

Le Loir secoua la tête avec impatience

잠쥐는 참을성 없이 고개를 저었다

et le loir parla de nouveau, sans ouvrir les yeux

그리고 다시 잠쥐는 눈을 뜨지 않고 말했다

« Bien sûr, bien sûr que c'est la même chose »

"물론, 물론 같습니다"

« C'est juste ce que j'allais dire moi-même »

"그게 바로 내가 직접 말하려고 했던 것이야"

Le chapelier se tourna vers Alice et lui posa une autre question
모자 제작자는 앨리스를 돌아보며 다른 질문을 했다
« As-tu déjà deviné l'énigme ? »
"수수께끼는 아직 맞혔어?"
« Non, j'abandonne », a concédé Alice
"아뇨, 포기해요." 앨리스가 인정했다
« Quelle est la réponse ? » voulait-elle savoir
"답이 뭘까요?" 그녀는 알고 싶었다
— Je n'en ai pas la moindre idée, dit le chapelier
"아무 생각이 없어요." 모자 제작자가 말했다
« Moi non plus, » dit le lièvre de marche
"나도 몰라." 행진하는 토끼가 말했다
Alice poussa un soupir de lassitude
앨리스는 지친 듯 한숨을 내쉬었다
« Il y a de meilleures utilisations du temps que des énigmes sans réponses »
"답이 없는 수수께끼보다 시간을 더 잘 활용할 수 있다"
« Prends encore du thé », dit le lièvre de marche à Alice, très sérieusement
"차 좀 더 마셔." 3월의 토끼가 앨리스에게 매우 진지하게 말했다
Alice était assez offensée par l'offre
앨리스는 그 제안에 상당히 기분이 상했다
— Je n'ai pas encore pris de thé, répondit Alice
"아직 차를 마셔본 적이 없어요." 앨리스가 대답했다
« donc je ne peux plus prendre de thé »
"그러므로 나는 더 이상 차를 마실 수 없다"
— Vous voulez dire que vous ne pouvez pas prendre moins de thé, dit le chapelier
"차를 덜 마실 수 없다는 말씀이군요." 모자 제작자가 말했다
« C'est très facile de prendre plus que rien »
"아무것도 없는 것보다 더 많은 것을 취하는 것은 매우 쉽습니다."

À ces mots, Alice se leva et s'en alla
그러자 앨리스는 일어나 걸어 나갔다
Le loir s'endormit instantanément
잠쥐는 순식간에 잠이 들었다
et ni l'un ni l'autre ne firent la moindre attention à son départ
그리고 다른 사람들 중 누구도 그녀가 가는 것을 조금도 눈치채지 못했다
bien qu'elle ait regardé en arrière une ou deux fois
한두 번은 뒤를 돌아보았지만,
Ils essayaient de mettre le loir dans la théière
그들은 잠쥐를 찻주전자에 넣으려고 했다
« En tout cas, je n'y retournerai plus ! » dit Alice
"어쨌든, 다시는 그곳에 가지 않을 거야!" 앨리스가 말했다
et elle se fraya un chemin à travers les bois
그리고 그녀는 숲 속을 걸었다
« c'était le thé le plus stupide auquel j'aie jamais assisté »
"그것은 내가 이제까지 가본 가장 어리석은 티 파티이었다."
Juste au moment où elle disait cela, elle remarqua quelque chose
그녀가 이렇게 말하자마자, 그녀는 뭔가를 알아차렸다
L'un des arbres avait une porte qui y menait directement
나무 한 그루에는 바로 들어갈 수 있는 문이 있었다
« C'est très intéressant ! » a-t-elle pensé
"정말 흥미롭네요!" 그녀는 생각했다
« Je pense que je peux aussi bien passer la porte »
"문을 통과하는 게 좋을 것 같아요"
Et elle passa par la porte
그리고 그녀는 문을 통해 들어갔다
Une fois de plus, elle se retrouva dans le long couloir
다시 한 번 그녀는 긴 복도에 있는 자신을 발견했다
de nouveau, elle était près de la petite table de verre
그녀는 다시 작은 유리 탁자 가까이에 있었다
Elle prit la petite clé d'or

그녀는 작은 황금 열쇠를 가져갔습니다
et elle ouvrit la porte qui donnait sur le jardin
그리고 그녀는 정원으로 통하는 문을 열었다
Puis elle s'est mise au travail pour grignoter le champignon
그런 다음 그녀는 버섯을 갉아먹기 시작했습니다
Elle avait gardé un morceau du champignon dans sa poche
그녀는 주머니에 버섯 한 조각을 넣어 두었다
Et finalement, elle mesurait environ un mètre
그리고 마침내 그녀의 키는 약 1미터가 되었습니다
Puis elle descendit le petit couloir
그러고는 작은 복도를 걸어 내려갔다
Et puis elle s'est finalement retrouvée dans le magnifique jardin
그리고 그녀는 마침내 아름다운 정원에 있는 자신을 발견했습니다
et elle était parmi les fleurs brillantes et les fontaines fraîches
그녀는 밝은 꽃과 시원한 분수들 사이에 있었다

Le terrain de croquet de la reine
여왕의 크로켓 그라운드

Un grand rosier se dressait près de l'entrée du jardin
커다란 장미나무 한 그루가 정원 입구에 서 있었다
Les roses qui poussaient sur l'arbre étaient blanches
나무에서 자라는 장미는 하얬습니다
Mais il y avait trois jardiniers qui peignaient la rose
그러나 장미를 그리는 세 명의 정원사가 있었습니다
Ils étaient occupés à peindre les roses en rouge
그들은 장미를 빨갛게 물들이느라 바빴다.
et Alice les regardait peindre les roses en rouge
앨리스는 그들이 장미를 빨갛게 칠하는 것을 지켜보고
있었다
et soudain leurs yeux tombèrent par hasard sur Alice
그리고 갑자기 그들의 시선이 앨리스에게 떨어졌다
Alice parlait un peu timidement
앨리스는 조금 소심하게 말했다
« Pourriez-vous me le dire, s'il vous plaît ? »
"제발 말해 주시겠어요?"
« Pourquoi peignez-vous tous ces roses ? »
"왜 다들 그 장미를 그리는 거야?"
cinq et sept ne dirent rien, mais regardèrent deux
다섯과 일곱은 아무 말도 하지 않고 둘을 바라보았다
deux d'entre eux parlèrent à voix basse
둘이 낮은 목소리로 말했다
— Eh bien, le fait est, voyez-vous, madame.
"왜, 사실은, 당신도 알다시피, 부인"
« Celui-ci aurait dû être un rosier rouge »
"여기 있는 이 나무는 빨간 장미나무였어어야 했어."
« Et nous avons mis un rosier blanc par erreur »
"그리고 우리는 실수로 흰 장미 나무를 넣었습니다"
**« Comme vous en conviendrez, la reine ne doit pas le
découvrir »**
"당신도 동의하시겠지만, 여왕은 알아내지 말아야
합니다"
« Sinon, nous aurions tous la tête tranchée »

"그렇지 않으면 우리 모두 머리가 잘렸을 것입니다"

« Alors vous voyez, madame, nous faisons de notre mieux »

"보시다시피, 부인, 우리는 최선을 다하고 있습니다"

La cinquième carte avait regardé anxieusement à travers le jardin

카드 5는 걱정스럽게 정원 건너편을 바라보고 있었다

À ce moment, la cinquième carte cria : « La dame ! La reine !

이 순간 카드 5가 "여왕님! 여왕님!"

Et les trois jardiniers s'enfuirent aussitôt

그러자 세 명의 정원사는 즉시 허둥지둥 도망쳤다

et ils se jetèrent à plat ventre

그러자 그들은 엎드려 엎드렸다

Il y eut un bruit de nombreux pas

많은 발자국 소리가 들렸다

Alice regarda autour d'elle, impatiente de voir la reine

앨리스는 여왕을 보고 싶어 주위를 둘러보았다

Au début de la procession se trouvaient dix soldats

행렬의 시작에는 10명의 군인이 있었다

leurs mains et leurs pieds étaient dans les coins

그들의 손과 발은 구석에 있었다

et dans leurs mains et leurs pieds étaient des massues

그들의 손과 발에는 몽둥이가 있었다

Venaient ensuite les dix courtisans

그 다음은 열 명의 신하들이 나섰다

Les courtisans étaient partout ornés de diamants

궁정인들은 온통 다이아몬드로 장식되어 있었습니다

Après les courtisans sont venus les enfants royaux

신하들이 온 후에는 왕실의 자녀들이 왔습니다

Il y avait dix enfants royaux

왕족의 자녀들은 열 명이었다

et tous les enfants royaux étaient ornés de cœurs

그리고 모든 왕실 아이들은 하트로 장식되었습니다

Venaient ensuite les invités ; principalement des rois et des reines

다음은 손님들이었다. 대부분 왕과 왕비

et parmi les rois et la reine, Alice vit quelqu'un

그리고 왕들과 왕비 사이에서 앨리스는 누군가를 보았다
Elle revit le lapin blanc qu'elle avait chassé
그녀는 자신이 쫓았던 흰 토끼를 다시 보았다
Le cortège était suivi par le valet de cœur
행렬은 마음의 칼날을 따랐습니다
Il portait la couronne du roi
그는 왕의 면류관을 들고 있었습니다
et la couronne du roi était sur un coussin de velours cramoisi
그리고 왕의 왕관은 진홍색 벨벳 쿠션 위에 있었다
Et puis vint la fin de ce grand cortège
그리고 나서 이 장엄한 행렬의 끝이 이르렀다
Et là, à la fin, il y avait le Roi et la Reine de Cœur
그리고 그 끝에는 하트의 왕과 여왕이 있었다
le cortège arriva en face d'Alice
행렬은 앨리스의 반대편에 있었다
et ils s'arrêtèrent tous et la regardèrent
그러자 그들은 모두 멈춰 서서 그녀를 바라보았다
et la reine dit sévèrement : « Qui est-ce ? »
그러자 여왕은 엄하게 말했다.
Elle l'a dit au Valet de Cœur
그녀는 마음의 칼날에게 말했다
Mais il s'est contenté de s'incliner et de sourire en réponse
그러나 그는 그저 고개를 숙이고 미소를 지으며
대답했다
Alice parla très poliment
앨리스는 매우 정중하게 말했다
« Je m'appelle Alice, alors faites plaisir à Votre Majesté »
"제 이름은 앨리스이니 폐하를 기쁘게 하십시오."
Mais elle avait d'autres pensées pour elle-même
하지만 그녀는 다른 생각을 하고 있었다
« Ce n'est qu'un jeu de cartes, après tout ! »
"어쨌든 그건 그저 카드 팩일 뿐이니까요!"
« Savez-vous jouer au croquet ? » cria la reine
"크로켓을 할 줄 아느냐?" 여왕이 소리쳤다
La question était évidemment destinée à Alice
그 질문은 분명히 앨리스를 위한 것이었다

— Oui ! dit Alice d'une voix forte

"네!" 앨리스가 큰 소리로 말했다

« Venez jouer alors ! » rugit la reine

"그럼 놀러 오너라!" 여왕이 소리쳤다

une voix timide s'adressa à Alice

소심한 목소리가 앨리스에게 말했다

« C'est une très belle journée ! »

"정말 좋은 날이야!"

Elle se promenait près du lapin blanc

그녀는 흰 토끼 옆을 걷고 있었다

et le Lapin Blanc jetait un coup d'œil anxieux sur son visage

그리고 흰 토끼는 걱정스럽게 그녀의 얼굴을 들여다보고 있었다

« Une très belle journée, en effet, confirma Alice

"정말 좋은 날이었어요." 앨리스가 단언했다

« Où est la duchesse ? »

"공작 부인은 어디 있지?"

« Chut ! Chut ! dit le Lapin

"쉿! 쉿!" 토끼가 말했다

« Elle est sous le coup d'une sentence d'exécution »

"그녀는 사형 선고를 받고 있습니다"

« Pourquoi est-elle exécutée ? » demanda Alice

"그녀는 무엇 때문에 처형되는 거죠?" 앨리스가 물었다

« Elle a éraflé les oreilles de la reine », commença le lapin

"여왕의 귀를 긁었어." 토끼가 말을 꺼냈다

cria la reine d'une voix de tonnerre

여왕은 천둥 같은 목소리로 소리쳤다

« Retournez à vos endroits ! »

"네 자리로 가!"

et les gens se mirent à courir dans toutes les directions

그러자 사람들이 사방으로 뛰어다니기 시작하였다

et ils tombèrent tous les uns contre les autres

그리고 그들은 모두 서로 부딪혔다

Cependant, ils se sont calmés en une minute ou deux

그러나 그들은 1-2 분 안에 안정되었습니다

Et puis le jeu a commencé

그리고 게임이 시작되었다
Alice n'avait jamais vu un terrain de croquet aussi curieux
앨리스는 그렇게 신기한 크로켓 땅을 본 적이 없었다
L'herbe n'était que crêtes et sillons
풀은 온통 산등성이와 고랑뿐이었다
Les boules de croquet étaient de vrais hérissons
크로켓 공은 진짜 고슴도치였습니다
Et les maillets étaient de vrais flamants roses
그리고 망치는 진짜 플라밍고였습니다
et les soldats se tinrent sur leurs mains et leurs pieds
군인들은 손과 발로 일어섰다
Parce que les arches ont été faites à partir de leurs corps
아치는 그들의 몸으로 만들어졌기 때문입니다
Les joueurs ont tous joué en même temps
선수들은 모두 한 번에 경기를 치렀습니다
Personne n'attendait son tour
아무도 자기 차례를 기다리지 않았다
et tout le monde se querellait avec tout le monde
그리고 모두가 모두와 다투었다
et tous se battaient pour les hérissons
그리고 모두가 고슴도치를 위해 싸우고 있었다
Bientôt, la reine fut dans une colère furieuse
얼마 지나지 않아 여왕은 격렬한 격정에 휩싸였다
et elle s'est mise à piétiner et à crier
그러자 그녀는 발을 구르며 소리치기 시작했다
« Coupez-lui la tête ! »
"그의 머리를 잘라라!"
« Coupez-lui la tête ! »
"그녀의 머리를 잘라라!"
« Coupez-leur la tête ! »
"놈들의 머리를 다 잘라버려!"
De nouveau, Alice pensa en elle-même
앨리스는 다시 한 번 속으로 생각했다
« Ils sont affreusement friands de décapiter les gens ici »
"놈들은 여기서 사람들을 참수하는 것을 끔찍하게
좋아해"

« Ce qui est très étonnant, c'est qu'il reste quelqu'un en vie !
»

"대단한 경이로움은 살아 있는 사람이 있다는 것이야!"

Elle cherchait un moyen de s'échapper

그녀는 탈출구를 찾고 있었다

Elle remarqua une curieuse apparition dans l'air

그녀는 공중에 떠 있는 기이한 모습을 알아차렸다

« C'est le chat du Cheshire », se dit-elle

"체셔 고양이야." 그녀는 혼잣말을 했다

« maintenant j'aurai quelqu'un à qui parler »

"이제 나는 이야기할 사람이 있을 것이다"

« Comment vas-tu ? » dit le chat

"잘 지내고 있니?" 고양이가 말했다

« Je ne pense pas qu'ils jouent du tout équitablement », a
déclaré Alice

"나는 그들이 전혀 공정하게 플레이한다고 생각하지
않아." 앨리스가 말했다

et elle avait un ton plutôt plaintif

그리고 그녀는 다소 불평하는 어조를 가지고 있었다

« Ils se querellent tous si affreusement »

"그들이 모두 심히 다투는도다"

« On ne s'entend pas parler »

"사람은 자기 자신이 말하는 것을 들을 수 없다"

« Et ils ne semblent pas jouer selon des règles »

"그리고 그들은 어떤 규칙도 지키지 않는 것 같습니다."

le chat a posé une question à Alice à voix basse

고양이는 앨리스에게 낮은 목소리로 물었다

« Comment aimez-vous la reine ? »

"여왕님은 어때요?"

— Je ne l'aime pas du tout, dit Alice

"나는 그녀를 전혀 좋아하지 않아." 앨리스가 말했다

Alice pensa qu'elle ferait aussi bien d'y retourner
앨리스는 돌아가는 게 나을지도 모른다고 생각했다
Elle voulait voir comment le match se passait
그녀는 게임이 어떻게 진행되고 있는지 보고 싶었다
Elle est partie à la recherche de son hérisson
그녀는 고슴도치를 찾아 떠났습니다
Le hérisson était occupé à combattre un autre hérisson
고슴도치는 다른 고슴도치와 싸우느라 바빴습니다
C'était une excellente occasion
이것은 좋은 기회였습니다
Elle pouvait croquer un hérisson avec l'autre
그녀는 고슴도치 한 마리와 다른 고슴도치를 고슴도치를
잡을 수 있었다
Mais son flamant rose était de l'autre côté du jardin
하지만 그녀의 플라밍고는 정원 반대편에 있었습니다
Le flamant rose était plutôt maladroit
플라밍고는 다소 서툴렀습니다
Son flamant rose essayait de s'envoler dans un arbre
그녀의 플라밍고는 나무 위로 날아오르려고 했습니다

Elle attrapa le flamant rose par la patte
그녀는 플라밍고의 다리를 잡았다
Et elle glissa le flamant rose sous son bras
그리고 그녀는 플라밍고를 겨드랑이에 끼워 넣었다
De cette façon, le flamant rose ne pouvait plus s'échapper
그렇게 하면 플라밍고는 다시는 도망칠 수 없습니다
Juste à ce moment-là, Alice rencontra la duchesse
바로 그때 앨리스는 우연히 공작 부인을 만났습니다
La duchesse était maintenant sortie de prison
공작 부인은 이제 감옥에서 나왔다
Elle glissa affectueusement son bras sous celui d'Alice
그녀는 다정하게 앨리스의 팔 밑으로 팔을 집어넣었다
puis ils sont partis ensemble
그리고 그들은 함께 걸어 나갔다
Alice était très heureuse de la trouver d'une humeur si
agréable
앨리스는 그녀가 그렇게 유쾌한 태도를 보이는 것을
보고 매우 기뻤다
Elle était cependant un peu surprise
하지만 그녀는 조금 놀랐다
Elle entendit la voix de la duchesse près de son oreille
그녀는 귀에 가까운 공작 부인의 목소리를 들었다
« Tu penses à quelque chose, ma chérie »
"너 뭔가에 대해 생각하고 있잖아, 얘야"
« Et ça fait oublier de parler »
"그리고 그것은 당신이 말하는 것을 잊게 만듭니다"
« Le jeu se passe un peu mieux maintenant », a déclaré Alice
"이제 게임이 좀 좋아졌어." 앨리스가 말했다
C'était une façon de poursuivre la conversation
그것은 대화를 계속하는 한 가지 방법이었습니다
— C'est vrai, dit la duchesse
"정말 그렇습니다." 공작 부인이 말했다
« Et la morale de cela est la suivante : »
"그리고 그 교훈은 이것입니다 :"
« C'est l'amour qui fait tout ! »
"모든 것을 하는 것은 사랑입니다!"

« L'amour est ce qui fait tourner le monde »
"사랑은 세상을 돌아가게 하는 것입니다"
Alice avait une autre explication
앨리스는 또 다른 설명을 했다
« C'est fait par tout le monde qui s'occupe de ses propres affaires ! »
"다들 자기 일에 신경을 써서 하는 거야!"
— Ah ! Vous pourriez avoir raison"
"아, 글쎄요! 당신이 옳을 수 있습니다"
— Tout cela signifie à peu près la même chose, dit la duchesse
"모두 같은 의미입니다." 공작부인이 말했다
et elle enfonça son petit menton pointu dans l'épaule d'Alice
그리고 그녀는 날카로운 작은 턱을 앨리스의 어깨에 파고들었다
« Et la morale de cela est la suivante »
"그리고 그 교훈은 이것입니다"
« Prendre soin du sens »
"감각을 돌보십시오"
« Et puis les sons prendront soin d'eux-mêmes »
"그러면 소리는 저절로 해결될 것입니다"
Mais alors le bras de la duchesse se mit à trembler
하지만 이내 공작부인의 팔이 떨리기 시작했다
Alice leva les yeux et la reine se tenait là
앨리스가 고개를 들었을 때, 여왕이 서 있었다
La reine avait les bras croisés
여왕은 팔짱을 끼었다
Et elle fronçait les sourcils comme un orage !
그리고 그녀는 천둥 번개처럼 얼굴을 찌푸리고 있었습니다!
« Je vous préviens », cria la reine
"공정한 경고를 주겠다." 여왕이 소리쳤다
et elle piétina le sol tout en parlant
그리고 그녀는 말하면서 땅을 쿵쿵 밟았다
« Soit ta tête, soit sa tête doit être coupée »
"당신의 머리나 그녀의 머리가 떨어져 있어야 합니다"

« Faites votre choix ! »
"너의 선택을 받아라!"
« Et soyez rapide à ce sujet »
"그리고 그 일에 속히 대처하라"
La duchesse fait son choix
공작 부인은 선택을 했다
et au bout d'un instant la duchesse avait disparu
그리고 순식간에 공작 부인은 사라졌다
Puis la reine s'adressa à Alice
그런 다음 여왕은 앨리스에게 말했습니다
« Continuons le jeu »
"게임을 계속합시다"
Alice était trop effrayée pour dire un mot
앨리스는 너무 무서워서 아무 말도 할 수 없었어요
et elle la suivit lentement jusqu'au terrain de croquet
그리고 그녀는 천천히 그녀를 따라 크로켓 땅으로 갔다
Pendant tout ce temps, la reine s'est querellée avec les autres joueurs
내내 여왕은 다른 플레이어들과 다툼을 벌였다
« Coupez-lui la tête ! »
"그의 머리를 잘라라!"
« Coupez-lui la tête ! »
"그녀의 머리를 잘라라!"
« Coupez-leur la tête ! »
"놈들의 머리를 다 잘라버려!"
Bientôt, tous les joueurs ont été en garde à vue
얼마 지나지 않아 모든 선수들이 구금되었다
il ne restait que le roi, la reine et Alice
왕과 왕비, 그리고 앨리스만이 남았다
Puis la reine s'en alla, tout à fait essoufflée
그러고는 여왕이 숨을 몰아쉬며 떠났다
et elle s'en alla avec Alice
그리고 그녀는 앨리스와 함께 떠났다
Alice entendit le roi dire quelque chose
앨리스는 왕이 조용히 뭐라고 말하는 것을 들었다
« Vous êtes tous pardonnés »

"여러분 모두 용서받았습니다"
Mais soudain, un autre cri se fit entendre
그런데 갑자기 또 다른 외침이 들렸다
« Le procès commence ! »
"재판이 시작되고 있다!"
et Alice courut avec les autres
앨리스는 다른 사람들과 함께 달렸다

Qui a volé les tartes ?
누가 타르트를 훔쳤습니까?

Le roi et la reine de cœur étaient assis
마음의 왕과 여왕이 앉아 있었다

ils étaient sur leur trône quand Alice arriva
앨리스가 도착했을 때 그들은 왕좌에 앉아 있었습니다

Il y avait une grande foule rassemblée autour d'eux
그들 주위에는 큰 무리가 모여 있었다

Il y avait toutes sortes de petits oiseaux et de bêtes
온갖 종류의 작은 새와 짐승들이 있었습니다

Et il y avait tout le paquet de cartes
그리고 거기에는 전체 카드 팩이 있었습니다

Le coquin se tenait devant eux, enchaîné
칼은 쇠사슬에 묶인 채 그들 앞에 서 있었다

et il y avait un soldat de chaque côté pour le garder
그리고 양편에 그를 지키는 군인이 있었다

près du roi était le lapin blanc
왕 곁에는 흰 토끼가 있었다

Il avait une trompette dans une main
그는 한 손에 트럼펫을 들고 있었다

et il avait un rouleau de parchemin dans l'autre main
그리고 다른 손에는 양피지 두루마리를 들고 있었다

Au milieu de la cour se trouvait une table
코트 한가운데에는 탁자가 놓여 있었다

Sur la table, il y avait un grand plat de tartes
탁자 위에는 커다란 타르트 접시가 놓여 있었다

« J'aimerais qu'ils fassent le procès », pensa Alice
"그들이 재판을 끝내줬으면 좋겠어." 앨리스는 생각했다

« Alors nous pourrions manger quelques-uns de ces rafraîchissements ! »
"그럼 그 다과를 좀 먹을 수 있겠어!"

Le juge, soit dit en passant, était le roi
그런데 재판관은 왕이었습니다
et il portait sa couronne sur sa grande perruque
그는 큰 가발 위에 왕관을 썼다
« C'est le banc des jurés, pensa Alice
"저게 배심원 상자야." 앨리스는 생각했다
« Et ces douze créatures, je suppose qu'elles sont les jurés »
"그리고 그 열두 생물들, 그들이 배심원들인 것 같군"
certains étaient des animaux, et d'autres étaient des oiseaux
일부는 동물이었고 일부는 새였습니다
Juste à ce moment-là, le lapin blanc a crié
바로 그때 흰 토끼가 소리쳤습니다
« Silence dans la cour ! »
"법정에서의 침묵!"
« Héraut, lisez l'accusation ! » dit le roi
"전령이여, 고발장을 읽어 보시오!" 왕이 말했다
Le lapin blanc souffla trois coups de trompette
흰 토끼는 나팔을 세 번 불었다
Puis il déroula le parchemin

그러고는 양피지 두루마리를 펼쳤다
Et il a lu ce qui suit :
그는 다음과 같이 읽었다.
« La reine de cœur, elle a fait des tartes, »
"하트의 여왕, 그녀는 타르트를 만들었습니다."
« Tout cela, elle l'a fait un jour d'été »
"이 모든 일을 그 여자는 여름날에 하였다"
« Le valet de cœur, il a volé ces tartes »
"마음의 칼날, 그는 그 타르트를 훔쳤다"
« Et il a emporté ces tartes loin ! »
"그리고 그는 그 타르트를 멀리 가져갔어!"
« Appelez le premier témoin », dit le roi
"첫 번째 증인을 불러라." 왕이 말했다
et le lapin blanc souffla trois coups de trompette
그리고 흰 토끼는 나팔을 세 번 불었다
« Amenez le premier témoin ! » cria-t-il
"첫 번째 증인을 데려오라!" 그가 소리쳤다
Le premier témoin était le chapelier
첫 번째 증인은 모자 제작자였습니다
Il entra avec une tasse de thé dans une main
그는 한 손에 찻잔을 들고 들어왔다
et il avait un morceau de pain et de beurre dans l'autre main
그리고 다른 손에는 빵과 버터 한 조각을 들고 있었다
« Tu aurais dû finir », dit le roi
"그대는 마땅히 끝냈어야 했다." 왕이 말했다
« Quand avez-vous commencé ? »
"언제부터 시작하셨어요?"
Le chapelier regarda le lièvre de marche
모자 제작자는 행진하는 토끼를 바라보았다
Le lièvre de marche l'avait suivi dans la cour
행진의 토끼는 그를 따라 궁정으로 들어갔다
Il avait marché bras dessus bras dessous avec le loir
그는 잠쥐와 팔짱을 끼고 걸었다
« Le quatorzième mars, je crois, dit-il
"3월 14일이었던 것 같아요." 그가 말했다
« Rendez votre témoignage », dit le roi

"증거를 내놓으라." 왕이 말했다
« Et ne sois pas nerveux, ou je te ferai exécuter sur-le-
champ »
"긴장하지 마. 그렇지 않으면 그 자리에서 처형할 거야"
Cela n'a pas semblé encourager du tout le témoin
이것은 그 증인에게 전혀 격려가 되지 않는 것 같았다
Il n'arrêtait pas de se déplacer d'un pied sur l'autre
그는 한 발에서 다른 발로 계속 움직였다
et il regarda la reine avec inquiétude
그리고 그는 불안한 눈빛으로 여왕을 바라보았다
et, dans sa confusion, il mordit un gros morceau de sa tasse
de thé
그리고 혼란에 빠진 그는 찻잔에서 큰 조각을 깨물었다
En réalité, il voulait croquer dans son pain et son beurre
실제로 그는 빵과 버터를 한 입 베어 물려고 했습니다
Juste à ce moment, Alice éprouva une sensation très curieuse
바로 이 순간 앨리스는 매우 이상한 느낌을 받았다
Elle commençait à grossir à nouveau
그녀는 다시 커지기 시작했다
Le misérable chapelier laissa tomber sa tasse de thé
비참한 모자 제작자는 찻잔을 떨어뜨렸다
et le pain et le beurre tombèrent à terre
그러자 빵과 버터가 땅에 떨어졌다
et il mit un genou à terre
그리고 그는 한쪽 무릎을 꿇었다
« Je suis un pauvre homme, Votre Majesté », a-t-il commencé
"저는 불쌍한 사람입니다, 폐하." 그가 말을 시작했다
« Vous êtes un bien mauvais orateur, » dit le roi
"그대는 말을 잘 못하네." 왕이 말했다
« Tu peux y aller, » dit le roi
"가셔도 됩니다." 왕이 말했다
et le chapelier quitta précipitamment la cour
그리고 모자 제작자는 황급히 코트를 떠났다
« Appelez le témoin suivant ! » dit le roi
"다음 증인을 불러라!" 왕이 말했다
Le témoin suivant fut le cuisinier de la duchesse

다음 증인은 공작 부인의 요리사였습니다
Elle portait la poivrière à la main
그녀는 손에 후추 상자를 들고 있었다
et les gens près de la porte se mirent à éternuer tout à coup
그러자 문 근처에 있던 사람들이 일제히 재채기를 하기 시작했다
« Rendez votre témoignage », dit le roi
"증거를 내놓으라." 왕이 말했다
— Je ne donnerai aucun témoignage, dit le cuisinier
"증거를 제시하지 않겠다." 요리사가 말했다
Le roi regarda anxieusement le lapin blanc
왕은 걱정스러운 눈빛으로 흰 토끼를 바라보았다
Et le lapin blanc parlait d'une voix douce
그리고 흰 토끼는 조용한 목소리로 말했다
« Votre Majesté doit contre-interroger ce témoin »
"폐하께서는 이 증인을 반대 심문하셔야 합니다."
« Eh bien, s'il le faut, il le faut, » dit le roi
"글쎄요, 꼭 해야 한다면, 해야만 합니다." 왕이 말했다
« De quoi sont faites les tartes ? »
"타르트는 무엇으로 만들어지나요?"
« Les tartes sont faites de poivre, principalement », a déclaré le cuisinier
"타르트는 대부분 후추로 만듭니다." 요리사가 말했다
Pendant quelques minutes, toute la cour fut dans la confusion
몇 분 동안 법정 전체가 혼란에 빠졌다
Finalement, ils se sont tous calmés
결국 그들은 모두 다시 정착했다
Mais à ce moment-là, le cuisinier avait disparu
하지만 그때는 이미 요리사가 사라진 뒤였다
« N'importe ! » dit le roi
"신경 쓰지 마!" 왕이 말했다
« Appel à la barre du prochain témoin »
"다음 증인을 단상으로 부르십시오"
Alice regarda le lapin blanc qui tâtonnait sur la liste
앨리스는 흰 토끼가 목록을 더듬거리는 것을 지켜보았다

Vous pouvez imaginer sa surprise à ce qu'elle a entendu ensuite

그 여자가 다음에 들은 내용을 듣고 얼마나 놀랐을지 상상할 수 있을 것입니다

à tue-tête de sa petite voix aiguë, il appela le nom « Alice ! »

그는 날카롭고 작은 목소리로 "앨리스"라는 이름을 불렀다.

Le témoignage d'Alice
앨리스의 증거

« Ici ! » s'écria Alice
"여기요!" 앨리스가 소리쳤다

Elle se leva d'un bond en toute hâte
그녀는 황급히 벌떡 일어났다

et elle renversa le banc des jurés
그리고 그녀는 배심원석을 뒤집어 엎었다

et elle renversa tous les jurés
그리고 그녀는 모든 배심원들을 넘어뜨렸습니다

et ils tombèrent sur la tête de la foule en bas
그리고 그들은 아래에 있는 군중의 머리 위로 떨어졌다

Alice était dans un grand désarroi
앨리스는 몹시 당황스러웠다

« Oh ! je vous demande pardon ! » s'écria-t-elle
"아, 용서를 구합니다!" 그녀가 외쳤다

« Le procès ne peut pas avoir lieu », dit le roi
"재판은 진행할 수 없습니다." 왕이 말했다

« Les jurés doivent retourner à leur place »
"배심원들은 제자리로 돌아가야 한다"

Il répéta l'ordre avec beaucoup d'emphase
그는 매우 강조하여 그 명령을 반복했다

et il regarda Alice d'un air sévère
그는 앨리스를 엄하게 바라보았다

« Que savez-vous de ces événements ? » demanda le roi à
Alice
"너는 이 사건들에 대해 뭘 알고 있니?" 왕이 앨리스에게
물었다

— Je ne sais rien à ce sujet, dit Alice
"나는 그 주제에 대해 아무것도 몰라." 앨리스가 말했다

Le roi lut ensuite un extrait de son livre
그런 다음 왕은 그의 책을 읽었습니다

« Règle quarante-deux »
"규칙 42"

« Toutes les personnes de plus d'un kilomètre de haut
doivent quitter le tribunal »

"1마일 이상의 높이에 있는 사람은 모두 법정을 떠나야
한다"
« Je ne suis pas à un mille de haut, » dit Alice
"저는 키가 1마일도 안 돼요." 앨리스가 말했다
« Près de deux milles de haut », dit la reine
"거의 2마일 높이입니다." 여왕이 말했다

— **Eh bien, je refuse d'y aller,** dit Alice
"글쎄요, 저는 가지 않겠어요." 앨리스가 말했다
Le roi pâlit
왕의 얼굴이 창백해졌다
et il ferma précipitamment son carnet
그리고 그는 황급히 수첩을 닫았다
« Considérez votre verdict », a-t-il dit au jury
"당신의 평결을 생각해 보십시오." 그는 배심원들에게
말했다
Il parlait d'une voix basse et tremblante
그는 낮고 떨리는 목소리로 말했다
Puis le lapin blanc prit la parole

그러자 흰 토끼가 말했다
« Il y a encore plus de preuves à venir »
"아직 더 많은 증거가 있습니다"
et il se leva d'un bond en toute hâte
그리고 그는 황급히 벌떡 일어났다
« Ce papier vient d'être retiré »
"이 논문은 방금 주워졌습니다"
« On dirait que c'est une lettre écrite par le prisonnier »
"죄수가 쓴 편지인 것 같다"
Il déplia le papier tout en parlant
그는 말하면서 종이를 펼쳤다
« Ce n'est pas une lettre, après tout »
"어쨌든 편지가 아니니까요"
« Ce que c'était, c'était un ensemble de versets »
"그것이 무엇이었는지는 일련의 구절들이었다"
« S'il vous plaît, Votre Majesté », dit le coquin
"제발, 폐하." 칼날이 말했다
« Je n'ai pas écrit ces vers »
"나는 그 구절들을 쓰지 않았다"
« et ils ne peuvent pas prouver que j'ai écrit quoi que ce
soit »
"그리고 그들은 내가 아무것도 썼다는 것을 증명할 수
없습니다"
« Il n'y a pas de nom signé à la fin »
"끝에 서명된 이름이 없습니다."
Le roi parla au fripon
왕은 칼에게 말했다
« Vous avez dû vouloir causer des méfaits »
"뭔가 장난을 치려고 했나 봐"
« Sinon, tu aurais signé ton nom comme un honnête
homme »
"그렇지 않았다면 당신은 정직한 사람처럼 당신의
이름을 서명했을 것입니다."
Il y eut un claquement général de mains
대체로 손뼉이 치지 않았다
Et le roi se tourna vers le lapin blanc

왕은 흰 토끼에게로 돌아섰다
« Lisez les vers », ordonna-t-il
"그 구절들을 읽어 보시오." 그가 명령하였다
Il y eut un silence de mort dans la cour
법정에는 죽은 듯 침묵이 흘렀다
et le lapin blanc lut les versets
그리고 흰 토끼는 그 구절들을 읽어 주었다
Ils m'ont dit que vous étiez allé chez elle
그들은 당신이 그녀에게 가본 적이 있다고 말했습니다
Et ils lui parlèrent de moi
그리고 그들은 그에게 나를 언급했다
Elle m'a donné un bon caractère
그녀는 나에게 좋은 성격을 주었다
Mais elle a dit que je ne savais pas nager
하지만 어머니는 제가 수영을 못한다고 말씀하셨습니다
Il leur a fait savoir que je n'étais pas parti
그는 내가 가지 않았다는 말을 그들에게 보냈다
Nous savons que c'est vrai
우리는 그것이 참되다는 것을 압니다
Si elle poussait l'affaire, que deviendriez-vous ?
만약 그녀가 그 일을 밀어붙인다면, 당신은 어떻게 될 것인가?
Je lui en ai donné un, ils lui en ont donné deux
나는 그녀에게 하나를 줬고, 그들은 그에게 두 개를 주었다
Vous nous en avez donné trois ou plus
당신은 우리에게 세 개 이상을 주었습니다
Ils sont tous revenus de sa part vers vous
그들은 모두 그에게서 너희에게로 돌아왔다
bien qu'ils aient été les miens avant
비록 그들이 전에 내 것이었지만
Si j'avais la chance d'être
나 또는 그녀가 기회가 있다면
Si j'étais impliqué dans cette affaire
만약 나나 그녀가 이 사건에 연루되었다면
Il compte en vous pour les libérer

그분은 당신이 그들을 자유롭게 하실 것을 신뢰하십니다
Exactement comme nous étions
우리가 그랬던 것처럼
Mon idée, c'est que vous aviez été
내 생각에는 당신이 그랬다는 것입니다.
Avant qu'elle n'ait cette crise
그녀가 이 핏을 갖기 전에는
Un obstacle qui s'est dressé entre
그 사이에 끼어든 장애물
Lui, et nous-mêmes, et cela
그, 그리고 우리 자신, 그리고 그것
Ne lui faites pas savoir qu'elle les aimait mieux
그녀가 그들을 가장 좋아한다는 것을 그에게 알리지
마십시오
Car cela doit être à jamais un secret, caché à tous les autres
이것은 영원히 비밀이 되어야 하며, 다른 모든
것으로부터 비밀이 되어야 하기 때문이다
Ce secret doit rester un secret entre vous et moi
이 비밀은 너와 나 사이의 비밀로 남아 있어야 한다
Le roi était très impressionné
왕은 매우 감명을 받았습니다
**« C'est la preuve la plus importante que nous ayons
entendue jusqu'à présent »**
"그것이 우리가 지금까지 들어본 가장 중요한
증거입니다."
**— Je ne crois pas que ces vers aient un atome de sens,
objecta Alice**
"나는 그 구절들이 어떤 의미를 담고 있다고 생각하지
않아요." 앨리스가 이의를 제기했다
le roi avait sa propre opinion sur la question
왕은 그 문제에 대해 자기 나름대로의 견해를 가지고
있었다
**« S'il n'y a pas de sens dans ces mots, cela sauve un monde
de problèmes »**
"그 말에 의미가 없다면, 그것은 세상의 문제를 구할 수
있습니다."

« Alors nous n'avons pas besoin d'essayer de trouver le sens »

"그렇다면 우리는 의미를 찾으려고 노력할 필요가 없습니다"

« Laissons le jury délibérer sur son verdict »

"배심원들이 그들의 평결을 고려하게 하라"

« Non, non ! » dit la reine

"안 돼, 안 돼!" 여왕이 말했다

« La condamnation d'abord, le verdict ensuite »

"먼저 선고하고, 그 후에 판결을 내린다"

« Des bêtises et des bêtises ! » dit Alice à haute voix

"말도 안 되는 소리야!" 앨리스가 큰 소리로 말했다

« Comme il est stupide de condamner l'accusé en premier ! »

"피고인에게 먼저 형을 선고하는 것은 얼마나 어리석은 일인가!"

« Tais-toi ! » dit la reine en devenant violette

"입 다물고 있어!" 여왕이 보라색으로 변하며 말했다

« Je ne me tairai pas ! » dit Alice

"나는 내 혀를 참지 않을 거야!" 앨리스가 말했다

cria la reine à tue-tête

여왕은 목청껏 소리쳤다

« Coupez-lui la tête ! »

"그녀의 머리를 잘라라!"

Personne n'a fait un mouvement

아무도 움직이지 않았다

« Qui se soucie de ce que vous dites ? » dit Alice

"네가 무슨 말을 하든 누가 신경 써?" 앨리스가 말했다

Elle avait atteint sa taille maximale à ce moment-là

이때쯤 그녀는 다 자란 몸집이 다 컸다

« Tu n'es rien d'autre qu'un jeu de cartes ! »

"넌 그저 카드 뭉치일 뿐이야!"

À ces mots, toutes les cartes se levèrent dans les airs

그러자 모든 카드가 공중으로 솟아올랐다

et toutes les cartes s'abattaient sur elle

그러자 모든 카드가 그녀에게 날아들었다

Elle poussa un petit cri

그녀는 작게 비명을 질렀다

Elle était à moitié effrayée, mais aussi en colère

그녀는 반쯤 두려웠지만, 한편으로는 화가 났다

Et elle a essayé de se battre contre les cartes

그리고 그녀는 자신에게서 카드와 싸우려고 노력했습니다

puis elle se retrouva allongée sur le talus d'herbe

그리고 그녀는 풀밭에 쓰러져 있는 자신을 발견했다

Sa tête était sur les genoux de sa sœur

그녀의 머리는 언니의 무릎에 있었다

Des feuilles mortes s'étaient posées sur son visage

죽은 나뭇잎 몇 장이 그녀의 얼굴에 떨어졌다

et sa sœur balayait doucement les feuilles

그리고 그녀의 여동생은 나뭇잎을 부드럽게 털어내고 있었다

« Réveille-toi, ma chère Alice ! » dit sa sœur

"일어나, 앨리스!" 언니가 말했다

« Quel long sommeil tu as eu ! »

"참 오래 잤구나!"

« Oh, j'ai fait un rêve si curieux ! » dit Alice

"아, 정말 신기한 꿈을 꿨어요!" 앨리스가 말했어요

Et elle raconta à sa sœur tout ce qu'elle pouvait se rappeler

그리고 그녀는 언니에게 자신이 기억할 수 있는 모든 것을 말해 주었다

toutes les étranges aventures que vous venez de lire

당신이 방금 읽은 모든 이상한 모험

Alice se leva et s'enfuit en courant

앨리스는 일어나서 도망쳤다

et elle pensait, tout en courant, à son rêve

그녀는 달리는 동안 자신의 꿈에 대해 생각했다

« Quel rêve merveilleux cela avait été ! »

"얼마나 멋진 꿈이었던가!"